KB052545

네 컵은
네가 씻어

미
지
지
음

네 컵은
네가 씻어

미지 지음

프롤로그,

내가 알아서 할게요

에필로그,

나, 그리고 당신을 믿어요

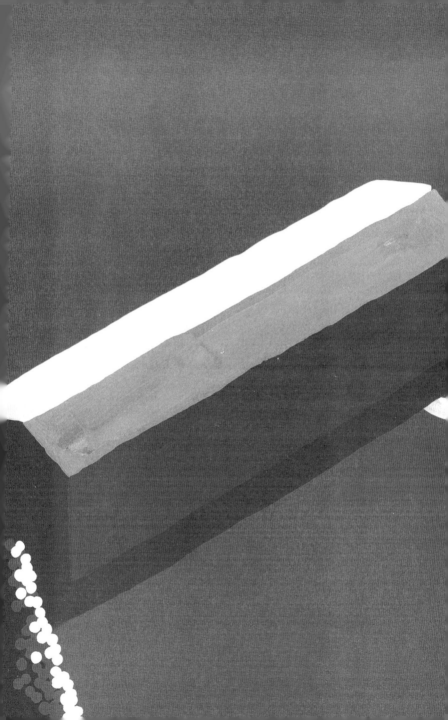

내가 알아서 할게요

나는 올해, 서른여덟 살이 되었다. 서른여덟, 누군가에게
는 아직 한창때, 누군가에게는 이미 뭔가를 이뤘을 것 같
은 나이. 그런데 현재의 나는 도대체 뭐라고 설명해야 할
까.

서른여섯 중반까지만 해도 분명 나는 그냥 "아이 엄마예
요"라고 이야기할 수 있었다. 하던 일도 다 접고 집에서 20
개월짜리 아이를 키우고 있었으니까. 하지만 어느 날 그
아이가 예고도 없이 우리 곁을 떠났다. 그러니 이제 아이
엄마라고 말할 수 없다.

그렇다면 "집에서 열심히 살림하고 있어요"라고 해볼

까. 그런데 이건 뭔가 석연치 않다. SNS를 보고 있으면 살림의 고수들이 차고 넘친다. 그들은 밥 한 끼를 먹을 때도 평범한 그릇을 쓰지 않는다. 창문에 쳐놓은 커튼 하나, 소파 위에 놓은 쿠션 하나도 보기에 남다르다. 물론 그런 안목을 타고난 사람도 있을 것이다. 하지만 거저 얻어지는 것은 별로 없는 법, 사진들을 보고 있으면 그들이 그동안 겪었을 시행착오와 노력들이 짐작된다. 나는 매번 집에 있는 음식으로 간신히 끼니를 때우고, 청소는 바닥에 뭐가 밟힌다 싶으면 꾸역꾸역 시작한다. 또 집은 인테리어는커녕 흉하지 않을 정도로만 해두고 살고 있으니 살림에 매진하고 있다고 하기에도 뭔가 부족하다.

그럼 "잠시 쉬고 있어요"라고 말하면 될까? 그런데 문제는 현재 내가 쉰다는 게 정확히 뭔지 모르고 있다는 점이다. "그래. 큰일도 겪었는데 당분간은 아무 생각 하지 말고 쉬어"라고 주변에서 말하기에 일단 가장 먼저 잠을 자보았다. 육아는 늘 잠과의 싸움이었으니 가장 부족했던 잠을 자본 것이다. 온종일 누워서 자고 또 잤다. 하지만 뭔가 좀 가뿐해질 줄 알았는데 자도 자도 몸이 편안해지기는커녕 가슴속은 더 아팠다. 또 눈만 뜨면 시도 때도 없이 눈물이 쏟아졌다. 분명 쉬려고 했는데, 이상했다.

그렇다면 조금 다르게 생각해볼까. 어쨌든 지금은 돈을 벌기 위해 회사나 어딘가에 주기적으로 나가지는 않으니 이미 나는 쉬고 있는 것 아닌가? 하지만 어디로 출근만 하지 않을 뿐 나는 매일 뭔가를 계속하고 있다. 빨래, 설거지, 청소, 요리 같은 집안일도 하고, 전보다는 한참 적지만 나름대로 돈을 벌기도 한다. 그런데 일단 직장인은 아니고 또 아이 엄마도 아니니, 결국 무엇무엇이 아니니 나는 쉬고 있는 것인가?

그런데 나 자신도 이렇게 지금의 나에 대해서 잘 모르고 있다는 사실을 주변 사람들도 금방 눈치챈 모양이다. 그래서인지 그들은 나를 볼 때마다 여러 가지 조언을 쏟아낸다. 그중 가장 자주 듣는 이야기는 결국 아이를 다시 낳으라는 것이다.

"아무래도 마흔 살이 넘어가면 확률이 현저하게 떨어집니다. 시간이 얼마 남지 않았어요."

"손주 언제 다시 낳아줄 거니? 하고 싶은 일은 어느

정도 애 키우고 해도 늦지 않다."

"그래도 애는 하나 있어야지. 이제 와서 애 없이 어떻게 살아. 아직 젊고 건강하니까 금방 생길 거야."

"왜 새 사랑으로 지나간 사랑을 잊는다고 하잖아. 마찬가지일 거야. 아이를 빨리 다시 낳아서 키우다 보면 또 그렇게 잊힐 거야."

안다. 어쨌든 나를 아끼는 마음에 이런 이야기를 한다는 것을. 그들 중 앞으로 내가 불행하게 살기를 원하는 이는 없을 것이다. 하지만 나는 이런 얘기들을 들으면 들을수록 이상하게 자꾸 아랫배가 아파오는 느낌이다. 좀 더 자세히 이야기하면 내 아랫배 속에 들어 있는 자궁을 누군가 와서 계속 들여다보고 쿡쿡 찔러대는 것 같다. 그리고 모두들 나에게가 아니라 내 자궁에게 힘내라고, 다시 할 수 있다고 응원하는 것 같다. 그러니 어느 순간부터 내가 자궁을 가지고 있는 건지 자궁이 나를 가지고 있는 건지 헷갈리기 시작했다. 이렇게 나조차 헷갈리니 주변의 말에 쉽게 흔들리고 상처받는 것은 어쩌면 당연한 건지도 모른다.

그래서 나는 가장 확실한 사실만 생각하기로 했다. 나는 내 가장 소중한 존재를 떠나보냈다. 그것은 다시는 되돌아올 수 없으며 그래서 다시는 예전처럼은 살 수 없다. 어차피 이제 처음부터 다시 시작해야만 한다.

그러므로 나를 뭐라고 설명해야 할까 하는 고민 따위는 이제 그만두어도 된다. 그 대신 내가 진정으로 무엇을 원하고 있는지 생각해보기로 했다. 나라도 나의 아랫배가 아닌 내 마음을 들여다봐야겠다.

이렇게 마음을 먹으니 잊고 있었던 말들이 찾아왔다. 그동안 미처 하지 못했던 말들, 그러나 한 번쯤은 꼭 하고 싶었던 나의 진짜 이야기 말이다. 나를 걱정하는 모두에게 이렇게 말하고 싶다.

"내가 알아서 할게요."

잘 가

이상했다. 그날은 어쩐지 기분이 좋았다. 평소와는 달리 뭔가 여유로웠다. 그즈음 어디를 가든 나의 주된 차림새는 길이가 길어 편한 윗도리에 레깅스, 운동화였는데 그날은 너무나 오랜만에 원피스를 꺼내 들었다. 그것도 길이가 짧아서 입으면 불편할 것이 뻔한 정장 스타일. 옷에 맞게 살짝 스쳐도 올이 나갈 것만 같은 얇은 살색 스타킹도 찾아 신었다. 또 한참 엄두도 못 내던 구두도 꺼내 신었다. 그런 나를 '유군'이 쓱 보더니 예쁘다고 했다. 나는 아이에게도 눈을 맞추며 이야기했다.

"오늘 엄마 좀 괜찮지?"

그저 어디든 집 밖으로 나가기만 하면 그렇게 좋아하던 우리 아이는 알아듣는 건지 못 알아듣는 건지 내 말에 계속 방싯거렸다.

　　우리는 그날 차에 타서도 기분이 좋았다. 차 안에서 늘 들어 이제는 내가 가사를 다 외워버린 꼬마 버스 타요 노래를 들으며 아침으로 아이와 전날 미리 사뒀던 부드러운 빵을 나눠 먹었다. 먹으면서 아이가 밥보다 더 좋아했던 달달한 음료수도 같이 마셨다. 아이는 아직 말을 못 해서 "어, 어!" 하는 수준이었지만 휴대전화로 외할머니와 한참 통화도 했다.

　　그렇게 우리는 열심히 고속도로를 달려 어느 때보다도 즐겁게 목적지에 도착했다. 도착한 그곳은 유군 고향에서는 가장 크고 좋은 결혼식장이라고 했다. 물론 나는 처음 가보는 곳이었다. 서울의 좋다는 결혼식장에 비하면 고급스럽다든지 화려하다든지 하는 느낌은 덜했지만 작은 산 중턱에 몇 개의 건물과 산책로로 꾸며진 그곳은 꽤 한적하고 운치가 있었다. 아래쪽에 따로 있던 주차장에 차를 세운 후 나는 아이를 안고 유군은 필요한 짐들과 유모차를 챙겨 식장 쪽으로 올라갔다.

식장에 들어갔더니 내 결혼식 때 뵙고 다시 처음 뵙는 분들부터 전혀 알지 못하는 분들까지 많은 친척들이 앉아 있었다. 그날은 유군의 오촌인가 육촌인가 하는 아저씨의 둘째 딸 결혼식이라고 했다. 유군 쪽 어르신들의 관계는 나에게는 뭔가 너무 복잡하고 어려워서 들어도 들어도 매번 누구신지 헷갈렸다. 그래도 거기에 있는 분들 모두 나보다 더 우리 아이를 웃으며 반겨주셨다.

낯을 별로 가리지 않았던 우리 아이는 다른 사람이 오라고만 하면 가서 척척 잘 안겼다. 그래서 사람들이 귀여워하고 좋아했지만 사실 나는 그때마다 왠지 멋쩍기도 하고 서운하기도 했다. 엄마한테만 딱 붙어 있는 껌딱지들도 많다던데 말이다. 그런데 이상하게도 그날은 어르신들이 이리 와봐라, 한번 안아보자 양손을 내밀어도 아이는 고개를 절레절레 흔들며 내 가슴속으로만 파고들었다. 민망해진 나는 어색하게 웃으면서 말했다.

"오느라 피곤하고 졸려서 그런가 봐요."

그러면서도 내심 웬일로 나에게만 달라붙는 아들이

예쁘고 귀여웠다.

결혼식이 모두 끝나고 우리는 다 같이 옆 건물에 있는 피로연장으로 갔다. 유군과 나는 늘 그랬듯이 아이를 보느라 교대로 밥을 먹었다. 먼저 식사를 후딱 마친 유군은 내가 밥을 먹는 동안 아이가 제일 좋아하는 바나나를 가져와 알맹이를 쏙 빼서 미리 챙겨 온 아기용 그릇에 넣고 아기용 숟가락으로 잘게 쪼개기 시작했다. 유군은 참 다정한 아빠였다. 씻기는 것도 본인이 하고 싶어 하고 이발 기계로 직접 머리도 깎아주고 밥도 살살 달래가며 먹이고 잠도 재워주는 그런 수준급의 아빠였다. 생각해보면 나는 한없이 미숙하고 늘 어렵기만 했었는데 유군은 달랐다.

"이제 할머니 집으로 가자."

식사 자리가 얼추 끝난 분위기라 나는 그렇게 말하며 유모차에서 아이를 꺼내 안았다. 그때 유군의 넷째 작은어머니께서 다가오시더니 갑자기 내 손에 돈을 쥐여주었다.

"이거 애기, 뭐라도 사주라고."

"어머, 아니에요."

나는 깜짝 놀라 받지 않으려고 한 손으로 돈을 밀어내며 아주 흔한 실랑이를 하기 시작했다. 그런데 내 가슴팍에 착 달라붙어 있던 아이가 갑자기 아래쪽으로 확 떨어져 나갔다. 나는 순간 그런 아이를 척 받아내었다. 나에게 이런 순발력이 있었나 싶었다.

그런데 이상했다. 분명 부들부들한 평소 아이의 촉감이 아니었다. 뭔가 딱딱하고 무거웠다. 하지만 그때는 그 이상의 생각은 해내지 못했다.

'큰일 날 뻔했네.'

속으로 그렇게만 생각하고는 손안의 아이를 가만히 들여다보았다. 그런데 아이가 나에게 다시 안기지 않았다. 그 대신 눈을 감은 채로 마치 어디론가 날아가듯 하늘 쪽으로 몸을 두어 번 뒤틀었다. 그리고 곧 축 늘어졌다. 나는 무슨 일인지 알 수가 없었다. 아이를 고쳐 안아서 얼굴을 자세히 들여다보니 여전히 예쁘고 표정도 편안했다. 그래서 갑자기 잠이 든 줄 알았다.

그런데 점점 느낌이 이상했다.

"자기야. 이리 와 봐."

유군은 내가 부르는 소리에 가까이 다가왔다. 그리고 일단 아이를 안더니 유모차에 앉혔다.

"잠든 건가⋯⋯. 근데 이상해."

내 말에 유군은 아이의 이름을 계속 부르며 아이의 어깨를 잡고 가볍게 앞뒤로 흔들기 시작했다. 그런데 전혀 반응이 없었다. 나는 그때까지도 애가 저렇게 순식간에 깊이 잠들 수도 있는 건가 싶었다. 그러고 있는데 갑자기 유군이 아이를 번쩍 들어 안더니 그보다도 더 빠를 수 있을까 싶은 속도로 밖으로 달려나가 버렸다.

나는 도무지 이게 무슨 상황인지 알 수가 없었다. 방금까지도 분명히 내 곁에 있었던 두 사람이 순식간에 눈앞에서 사라져버렸다. 나는 어찌할 바를 모르고 멍하니 서 있었는데 그때 아버님이 조용히 다가왔다. 그리고 아무 말씀도 없이 앞으로 가자는 손짓을 했다. 그제야 나는 정신이 들었다.

앞서가는 아버님 뒤를 나는 빈 유모차를 밀며 그렇게 따라나섰다. 그 길 역시 그날 처음 보는 곳이었다. 그때의 하늘과 주변의 산들과 바닥에 깔려 있던 풀들까지 지금도 기억날 정도로 모두 아름다웠다. '여기에 이렇게 예쁜 곳이 있었구나', '그런데 난 지금 어디로 가고 있는 걸까' 그런 생각을 하며 걸었다. 그랬더니 내 눈앞에 한 병원의 응급실 문이 나타났다.

어쩌면 나는 쓰러져서 바닥에 떨어질 뻔한 아이를 받아냈을 때 이미 눈치챘는지도 모른다. 다만 인정하기가 너무 무서웠을 뿐. 그러나 응급실 문이 활짝 열리고 저쪽에, 무슨 가림막 같은 것 앞에 서 있는 유군을 보자마자 나는 어떤 상황인지 바로 인정할 수밖에 없었다. 그 가림막 너머에 우리 아이가, 입고 있는 옷은 다 풀어헤쳐진 채 알 수 없는 기계들과 사람들 사이에 둘러싸여 누워 있었다.

사실은 그 커다란 결혼식장 바로 옆에 이 동네에서 가장 큰 병원이 있었는데 그 사실을 나만 몰랐던 것이다. 함께 있던 분들은 이미 그곳으로 달려갔고 아버님만 정신 없는 나를 챙겨서 데리고 온 것이었다. 그래서 내가 도착했을 때는 응급실 문 앞에 이미 모두들 모여 있었다. 아버님과 내가 꼴찌였다.

유군은 유모차에 앉혀놓은 아이의 입술이 조금씩 파래지는 것을 보았다고 했다. 그래서 내가 쓰러진 아이를 바로 받아냈던 것처럼 그 역시 본능적으로 아이를 안고 주차장으로 달려간 것이었다. 조금이라도 빨리 가기 위해 한 손으로는 차를 몰고 또 한 손으로는 아이를 안고서, 아이의 입에 자신의 입을 대고 숨을 불어가며 병원으로 갔다고 했다.

나는 결국 입고 있던 원피스가 짧든 말든 응급실 바닥에 주저앉고 말았다. 이제 누구에게 뭘 더 물을 필요도 없었다. 눈에서는 눈물이 쏟아졌고 입에서는 나도 처음 들어보는 소리가 비어져 나왔다. 도무지 아이가 누워 있는 가림막 가까이 다가갈 수가 없었다.

하지만 유군은 나와는 너무 달랐다. 표정 하나 달라지지 않은 채 가림막 앞에 우뚝 서서는 그 너머의 아이를 끝까지 지켜보았다. 그렇게 굳건했던 그는 모든 상황이 다 끝나고 나서야 비로소 자신을 완전히 놓았다.

최대한 빠르게 아이를 병원으로 데려갔음에도 불구하고 도착했을 때 이미 아이는 심정지 상태였다. 기도에 뭐가 걸린 것도 아니었다. 사인은 내인성 급사. 자세한 사인을 더 알고 싶으면 부검을 할 수도 있다고 했다. 하지만 나와 유군은 이미 같은 생각이었다. 우리가 평생 답답함을 가지고 가게 되더라도 아이를 더 괴롭히고 싶지 않았다. 부검은 바로 포기했다.

그 이후에는 모든 것들이 이미 예정되어 있던 일처럼 빠르게 진행되었다. 경찰들이 왔다 갔고, 사망진단서를 열 부나 끊었으며, 바로 옆에 장례식장이 있었다. 가보니 마침 취소된 자리가 있어서 이튿날 바로 화장장으로 갈 수 있다고 했다. 그때가 따지면 사망 후 24시간이 막 지난 시간이니 바로 화장을 할 수 있다고 했다. 도대체 이게 다 무슨 소리인지 알 수가 없었지만 나는 더 따지고 생각할 정신이 없었다. 그냥 옆에서 누군가가 나를 끌고 가는 대로 끌려다니며 그렇게 이틀을 보냈다. 모든 것이 순식간에 다 끝나버렸다. 분명 처음 출발할 때는 셋이었던 우리는 순식간에 하나를 잃고 둘이 되어 집으로 돌아왔다.

그날 이후 2년이 다 되어가는 동안 나는 또 많은 일들을 겪었다. 주변의 위로와 도움도 수없이 받았고, 정신을 차리기 위해 자진해서 의술의 힘도 빌렸다. 당장 하루하루를 무엇을 해야 할지 알 수 없어 어디로든 떠나도 보고 무엇이든 새로 배워도 보았다.

하지만 무엇을 해도 도무지 풀리지 않는 의문들이 있었다. 그동안 무슨 일이 있었던 것인지, 나에게 누가 왔다 간 것인지, 그리고 하필 왜 우리에게 이런 일이 일어난 것인지, 아마도 죽기 전까지는, 사실 죽어서도 알 수 없을지 모른다.

그러니 이런 상황을 그저 매일매일 받아들이고 또 그냥 견딜 수밖에는 방법이 없었다. 나는 또 안 하던 혼잣말도 하게 되었다. 엄마가 정말 미안해. 엄마가 정말 잘못했어. 더 잘해주지 못해 미안해. 더 참아주지 못해 미안해. 끝까지 지켜주지 못해서 미안해. 그리고, 정말 많이 보고 싶다.

지금까지 입 속에서든 입 밖에서든 이런 말들을 되뇌이면서도 아직까지 한 번도 하지 못한 말이 하나 있다. 이 말을 해야 우리 아이가 좀 더 편안해질 수 있을 것 같은데, 언젠가는 내가 이 말을 할 수 있을까.

"잘 가"라는 말.

나 아직 아파

아주 어렸을 때부터 나는 아프다는 말을 할 줄 몰랐다. 좀 둔한 건지 아픈 것 자체를 잘 느끼지 못했다. 요새도 한참 나중에야 다리 어디에 멍이 들어 있거나 손가락 어디가 베여 있는 걸 발견한다. 그리고 그제야 생각한다.

'도대체 언제 이런 거야?'

그래서인지 나는 자기가 아픈 것을 금방 알아채고 학교도 직장도 곧바로 쉬는 사람들이 부러웠다. 자신의 상태를 그만큼 잘 파악하고 스스로를 챙길 수 있다는 거니까. 나는 대부분 이게 진짜 아픈 건지 어쩐 건지 애매해서 일단 학교든 직장이든 꾸역꾸역 나갔다. 그렇게 다녀오고

나서야 깨달았다. '아, 오늘 내가 어디를 나갈 수 있는 상태
가 아니었구나.'

　이런 일이 반복되다보니 나 자신이 좀 어리석고 심지
어 이상하다는 생각까지 들었다. 매번 정신력으로 버티는
것도 아니고, 아픈 것을 제대로 느끼지도 제대로 말하지
도 못하다니 말이다.

　하지만 그동안에는 딱히 이런 부분에 대해서 개의치
않았다. 한번 작정하고 생각해보니 그렇다는 것이다. 그런
데 전혀 생각하지도 못했고 감당하기도 쉽지 않은 일을
겪다보니 같은 아픔을 공유한 식구들의 서로 다른 반응
들이 나에게 자극이 되었다. 그래서 아픔을 겪는 나의 태
도에 대해서도 다시 생각해보게 되었다.

　일단 나는 아이가 떠나고 난 후 시간이 조금 지나자
다른 사람들 앞에서 만큼은 그렇게 흐르던 눈물이 쏙 들
어갔다. 혼자 있을 때는 여전히 종종 눈물을 쏟아내곤 했
지만 말이다. 희한한 일이었다. 하물며 가족들 앞에서도
마찬가지였다. 거의 울지 않았다. 또 시간이 좀 더 흐르고
나서는 마치 남의 일인 듯 남들에게 내 상황을 덤덤하게

얘기할 수도 있게 되었다. 그렇다고 더 이상 아프지 않은 것은 아니었다. 그럴 수도 없는 일이었다.

반면 유군은 일이 벌어지는 동안에는 좀 무서울 정도로 굳건하더니 장례식이 시작되는 순간부터 단번에 무너졌다. 그리고 이후 한동안 내 앞에서 마치 본인이 대신 우리 아이라도 된 양 시시때때로 크게 울어댔다.

그런데 그런 유군에 대한 내 반응이 나도 좀 의외였다. 내가 그런 그를 가장 잘 이해할 수 있을 것 같았는데 전혀 아니었다. 처음에는 나와 너무 다른 반응에 당황스럽더니 심지어 그런 상황이 계속 반복되자 그 모습을 보고 있는 것이 싫었다. 그때 비로소 나는 '내가 지금 정말 아픈 상태구나'라는 것을 처음으로 깨닫게 되었다. 내가 참기 힘들 정도로 아프니 누구든 어떤 방식으로든 내 아픔을 건드리는 것은 견디기 어려웠다. 그래서 그런 유군이 마치 배려 없는 사람처럼 느껴졌다.

그런데 나에게 이보다 더한 당혹스러움을 준 상대들이 바로 우리 부모님이었다. 두 분에게는 우리 아이가 처음이자 하나밖에 없는 손주였고, 그즈음 거의 유일한 삶의 즐거움이었다. 그래서 어떨 때는 과하다 싶을 정도로 아이에게 애정을 쏟았다. 그런 존재가 하루아침에 사라져버렸으니 아무리 이 일 저 일 다 겪은 부모님이라도 견디기 힘든 모양이었다. 그래서 처음에는 너무나 죄송했다. 의도하지는 않았지만 큰 상처를 준 것 같아 마음이 아팠다. 하지만 그런 미안함은 곧 예상하지 못했던 실망감으로 바뀌었다.

우선 아빠는 원래 자신의 감정을 겉으로 잘 드러내지 않는 분이었다. 이번에도 그런 것 같아서 마음이 쓰였는데 갑자기 너무나 빨리도 의외의 이야기를 나에게 꺼냈다. 새로운 손주가 필요하다는 것이었다.

나는 무척 당황했다. 벌써 내가 뭘 해야만 하는 건가? 난 아직 괜찮지 않은데. 내가 원인 제공을 한 셈이니 빨리 뭐든 해줘야 하는 건가? 당황했다.

그런데 엄마는 그보다 더 예상치 못한 반응을 보였다. 앞으로 자신은 어떤 손주가 다시 생겨도 그 애처럼은 사랑할 수 없을 거라고 했다. 거기에 나는 뭐라고 말해야 할지 알 수가 없었다. 그냥 그러라고 해야 하는 건가?

또 시간이 좀 더 흐른 후 엄마는 나에게 전혀 거리낌 없이 아이가 보고 싶다고 말했다. 그 아이의 엄마였던 나는 머릿속에 가득해도 차마 하지 못하는 그 말을 나의 엄마는 아주 쉽게, 아주 자주 나에게 이야기했다.

그래서 결국 혼자서 모두에게 실망하고 말았다. 그래도 내가 그 아이를 낳았고 그 아이의 엄마였는데. 사실은 누구보다도 내가 가장 아프고 아이가 보고 싶을 것인데. 모두들 나의 아픔 따위는 생각하지 않는 것 같았다. 나는 적어도 모두의 앞에서는 울지 않았는데, 다들 뭐가 저리 쉬울까? 원망마저 생겼다

이후 수많은 감정들이 더 지나가고 나서야 나는 알게 되었다. 자신의 아픔은 드러내지 않으면, 혹은 드러내더라도 다른 누군가가 알아채줄 수 없는 것임을. 심지어 같은 아픔, 같은 경험을 겪은 사람들끼리도 서로 알아봐줄 수 없는 것임을. 그러니 아픔을 대하는 방식도 모두 같을 수 없었다.

그래서 나는 혼자 서운해하고 혼자 원망하기보다는 좀 더 솔직히 말하기로 했다.

"나 아직 아파요."

왜 내게 이런 일이?

갑작스럽게 생긴 아이에게 유군과 나는 '어흥이'라는 태명을 지어줬다. 엄마가 호랑이가 나오는 태몽을 꾸었기 때문이다. 나는 임신 중반부에는 하던 일도 다 그만두고 어흥이를 위해 태교와 출산 준비에 집중했다. 무엇보다도 잘하고 싶었다. 첫아이이기도 했고, 친오빠의 영향도 있었다.

오빠는 정상적으로 태어났는데도 이후 모든 신생아들이 다 가지는 황달이 심해졌을 때 처치를 잘못하여 평생 장애를 가지게 되었다. 뇌성마비를 앓게 된 것이다. 한 살 터울인 나는 엄마가 너무 고생하며 오빠를 키우는 것을 계속 지켜봐왔기 때문에 아무래도 임신 후 불안함이 컸다. 무엇보다도 지극히 평범하게 아이를 낳아 키우고 싶었다. 다른 욕심은 없었다.

하지만 역시 삶이란 원하는대로 쉽게 흘러가지 않았다. 특히 원하고 원하면 더욱더 이루어지지 않는가 보았다. 우선 30주 정도 되었을 무렵 어흥이는 갑자기 거꾸로 돌아서, 이른바 역아가 되었다. 머리가 아래로 가야 하는데 위쪽에 있었다. 그것이 시작이었다. 의사는 출산 전까지만 돌아오면 된다고 더 기다려보자고 했다. 하지만 그렇게 한번 자리를 잡은 어흥이는 다시는 원래 자세로 돌아오지 않았다.

그리고 곧 또 다른 문제가 생겼다. 나는 나름대로 열심히 먹고 있었는데 어흥이의 몸무게가 잘 늘지 않았다. 당시 '무엇이든 평범하게'만을 꿈꿨던 나는 무난한 자연분만을 하고 싶어서 임산부 요가나 물속에서 하는 체조 같은 운동을 꾸준히 했었다. 그래서 혹시 내가 너무 많이 움직여서 아기 몸무게가 늘지 않는 건가 싶었다. 의사도 나에게 일단 운동하지 말고 고기 위주로 열심히 먹어보라고 했다. 이후 나는 식단도 조절해가며 열심히 먹었다. 하지만 아무 소용이 없었다. 결국 어홍이는 주수가 다 될 때까지 3킬로그램이 채 되지 못했다. 그래서 나는 그토록 희망하던 자연분만을 하지 못하고 37주쯤에 제왕 절개 수술을 하게 되었다.

밖으로 나오기 전에 끝까지 역아인 아기들은 전체의 3퍼센트밖에 되지 않는다고 했다. 더욱이 난 자라면서 깁스 한 번 해본 적도 없는데, 갑자기 배 아래쪽을 칼로 자르는 수술을 한다니, 뭔가 분하기도 하고, 너무 무서웠다.

그런데 그 무서운 와중에도 나는 뭐가 그렇게도 포기가 안 되었는지 아이를 낳는 느낌을 조금이라도 느끼겠다고 전신 마취와 하반신 마취 중 하반신 마취를 선택했다. 하반신만 마취하면 정신은 깨어 있어 아이가 나온 다음 바로 볼 수 있고 이후 수면 마취를 해서 재워준다고 했다.

아이를 낳을 때의, 정확히 말하자면 아이를 배 속에서 꺼낼 때의 그 느낌은 아마 쉽게 잊지 못할 것 같다. 환한 수술실에 누워서 정신은 멀쩡해 모든 것이 똑똑히 다 보이고 다 들렸다. 내 하반신 쪽에서 의사와 간호사들은 분주하게 뭔가를 계속했다. 그러다 갑자기 아래쪽이 흔들

흔들, 덜컹덜컹하더니 뭔가 배 속에서 쑥 빠져나가는 느낌이 들었다. 그리고 동시에 오른쪽 갈비뼈 아래쪽이 아주 시원해졌다. 어흥이는 거기에 자기 머리를 넣고 계속 밀면서 자라고 있었던 것이다. 알고보니 나나 어흥이나 서로 답답한 상황이었는데 순식간에 둘 다 자유로워졌다.

의사는 곧 울고 있는 아주 작은 아기를 양손으로 들어 나에게 보여주었다. 미리 준비했던 것도 아닌데 내 입에서는 "안녕. 반가워"라는 말이 저절로 나왔다. 의사가 내 한쪽 볼에 어흥이의 한쪽 볼을 대어주었다. 따뜻한 체온이 느껴졌다. 그리고 나는 곧 깊은 잠 속으로 빠져들었다.

이후 얼마의 시간이 지났는지 알 수 없었다. 나는 어느 순간 두 눈을 번쩍 떴다. 일단 그곳은 수술실이 아니었다. 나중에 알고 보니 그곳은 수술을 마친 산모들이 모인 일종의 대기실이었다. 나는 본능적으로 몸을 일으키려고 애를 썼지만 이미 내 몸은 침대에 꽁꽁 묶여 있었다. 그 상태 그대로 곧 입원실로 옮겨졌다.

그런데 입원실 분위기가 좀 이상했다. 엄마와 아빠, 유군의 표정이 모두 좋지 않았다. 나중에 들어보니 부모님께서는 나에게 사실을 바로 이야기하는 것을 반대했다고 한다. 하지만 유군은 그래도 내가 엄마니 무엇이든 빨리 알아야 한다고 생각했다. 그래서 돌아온 나에게 곧바로 내가 잠들었던 동안의 이야기를 해주었다.

어흥이는 나와 만난 후 곧 다른 식구들과 만나기 위해 밖으로 나왔는데, 데리고 나온 간호사는 나오자마자 어흥이의 외형상 이상한 부분들을 빠르게 이야기했다고 한다. 그리고 결정적으로 이 아기는 호흡도 평균보다 빠르니 앞으로 경과를 계속 지켜봐야 한다는 말을 남긴 채 빠르게 어딘가로 사라져버렸다고 했다.

그때 나는 이야기를 듣고도 별로 놀라지 않았다. 사실은 당장 실감하지 못했던 것이다. 일단 내가 처음 만난 우리 어흥이는 정말 예뻤고 지극히 정상이었다. 손가락도 열 개, 발가락도 열 개였다. 그리고 호흡이 빠르다는 것이 무엇인지, 그게 뭐가 나쁘다는 것인지 잘 알아들을 수 없었다. 그래서 일단 내 몸을 빨리 회복해야겠다고 생각했다. 빨리 우리 아기를 만나러 가고 싶었다.

입원실에 있으면서 보니까 자연분만을 한 엄마들은

곧바로 걸을 수 있었다. 또 아이를 바로 안을 수도 있고 모유를 줄 수도 있었다. 하지만 나는 그때부터가 시작이었다. 수술하는 동안에는 마취 상태라 전혀 아프지 않았는데 마취가 점점 풀리면서 너무나 아팠다. 만약 이걸 다시 느낀다면 그때는 버틸 수 있을까 싶을 정도였다. 안타깝게도 무통주사도 진통제도 나에게는 별 소용이 없었다. 당장 이대로 그냥 어디로 사라져버렸으면 좋겠다 싶을 정도였다. 그 고통을 밤새 느꼈다.

그런 통증이 지나가자 다음으로는 스스로 일어나서 걷는 연습을 해야 했다. 그래야 모유 수유를 하러 신생아실에 갈 수 있었다. 나는 어흥이를 빨리 보러 가고 싶어서 이를 악물고 걷는 연습을 했다. 그래서 수술하고 이틀 후에, 물론 링거병을 매달고 다니는 거치대에 의지해야 하기는 했지만 천천히 걸을 수 있었다.

그러나 그렇게 노력한 나에게 돌아온 결과는 매우 의외였다. 아직 아기를 면회할 수 없다는 통보였다. 우리 아이는 산소 포화도가 안정적이지 않아 다른 아기들과는 달리 산소를 계속 주입해주는 작은 공간 안에 따로 들어가 있다고 했다.

어쨌든 다시 걸을 수 있게 되었으니 혼자 있을 수도 있었고, 원래의 계획대로 유군은 회사로 출근했다. 엄마 아빠도 집으로 돌아갔다. 그래서 나는 출산 후 처음으로 입원실 침대 위에서 한나절 혼자 있게 되었다. 그때부터였다. 양쪽 가슴에서 통증이 느껴지기 시작했다. 아이를 만날 수 없는 상황과는 상관없이 이미 출산을 마친 내 몸은 계속해서 모유를 만들어내고 있었다. 그런데 밖으로 배출되지 못하니 그것이 안으로 고여 가슴은 점점 더 부풀어 오르고 심지어 아파오기 시작한 것이다. 나는 그제야 상황이 뭔가 쉽지 않게 돌아가고 있다는 것을 실감했다. 그러자 바로 기다렸다는 듯 내 양쪽 눈에서는 굵은 눈물이 쏟아져 내렸다.

그러나 이것도 시작일 뿐이었다. 그 후 1년 동안 나에게는 알 수 없는 일들이 계속되었다. 다행히 호흡이 어느 정도 정상으로 돌아온 어홍이는 나와 함께 조리원으로 퇴원했지만 그곳에서도 특별 관리 대상이었다. 어홍이가 담긴 아기 바구니에만 빨간색 글씨로 이것저것 무슨 말들이 쓰인 종이가 여러 장 붙어 있었다. 하지만 나는 그것들을 신경 쓸 여유가 없었다. 빨리 수유에 익숙해져야겠다는 생각밖에 없었다. 하지만 이상하게도 조리원 안에서 우리만 수유 자세가 잘 잡히지 않았다. 그때는 다 내가 미숙한 탓인 줄로만 알았다.

집으로 돌아와서도 어흥이는 제대로 먹지도, 자지도 못하고 울기만 했다. 신생아니 그렇겠거니 하고 꾹 참아봤지만 생각보다 그 시간이 훨씬 더 길어졌다. 6개월이 넘어가자 나의 몸과 마음은 점점 황폐해져갔다.

매 시기 영유아 검진을 받을 때에도 어흥이는 몸무게도 잘 늘지 않는다는 소리를 들었다. 그래서 두 달 만에 모유 수유를 포기하고 분유 수유를 시작했다. 체중이 좀 더 늘지 않을까 하는 기대 때문이었다. 이제는 잘 먹고 잘 자겠거니 싶었는데, 어흥이는 분유마저도 한번에 잘 먹지 못했다. 몸무게는 여전히 그대로인데 분유 타랴 젖병 씻으랴 일만 더 번거로워졌다. 상황은 점점 더 꼬여만 가는 느낌이었다. 내 예상대로, 혹은 내가 듣던 대로 되는 것이 하나도 없었다. 그래서 급기야 나는 그렇게 예쁘던 우리 아기가 점점 미워 보이기 시작했다.

나의 마음이 어떻든 간에 어흥이는 계속 다른 아이들이 커가는 속도를 따라잡지 못했다. 심지어 백일 즈음에는 탈장이 발견되어 수술도 했다. 그땐 내가 너무 힘들어서 아기가 수술을 한다는 것이 얼마나 무서운 일인지조차 실감하지 못했다. 그 외에도 청력 문제, 성기의 외형 문제, 심박 수의 빠르기 문제 등 여러 상황이 의심되어 주기적으로 병원을 드나들며 온갖 검사들을 하게 되었다. 하지만 그때마다 결과는 당장은 모르겠으니 커가는 것을 지켜보자는 것이었다.

나는 당시 우리 아이만 이상한 것 같은 이런 상황들이 너무나도 싫었다. 내가 처음부터 바란 것은 단 한 가지였다. 그저 모든 것들이 평범하게 흘러가기만을 원했다. 그런데 그것이 왜 나만 이렇게 어려운 것인지, 서럽고 억울했다. 또 한편으로는 내가 너무 부족해서 모든 것들이 자꾸 이렇게 되나 싶었다. 자존감이 바닥 끝까지 떨어졌다. 그런데 실은 숨겨진 사실이 있었다. 그것은 어느 날 갑자기 다 밝혀졌다.

당시 우리는 외형 문제로 성기 부분을 주기적으로 체크하느라 서울대병원 소아비뇨기과에 검진을 다니고 있었다. 그러던 중 영유아 검진 때 돌이 지나면 다시 한번 심장 박동을 체크해보자던 어떤 의사의 이야기가 생각이 났고, 별생각 없이 소아심장과도 함께 예약했다. 그저 확인 차원이었다. 워낙 여기저기 검사를 하고 또 별일은 없던 그런 시절이었다.

그런데 진료실에 들어서자마자 심장과 의사는 어흥이의 얼굴을 뚫어지게 쳐다보았다. 그리고 응급으로 심장 초음파 검사를 넣어주겠다고 하더니 바로 결과를 보게 해주었다. 그때 그 의사는 나에게 생전 처음 들어보는 이야기를 했다. '윌리엄스 증후군'이 의심된다는 것이었다. 그러더니 바로 우리를 유전과로 연결해주었다.

도대체 무슨 얘기인지 나는 알 수가 없었다. 분명 아이가 돌이 지나 몸이 좀 더 자라면 심박수도 안정적으로 돌아올 거라고 했는데, 갑자기 우리 아이가 유전적으로 무슨 문제가 있다니, 너무 무서웠다. 그런 것이 아니기를 진심으로 바랐다. 하지만 며칠 있다 만난 유전과 의사는 어홍이의 얼굴을 보자마자 윌리엄스 증후군임을 확신했다. 그리고 나에게 이렇게 말했다.

"엄마가 1년 동안 진짜 힘들었겠네요. 잘 자지도 먹지도 않았을 텐데요. 이런 아이들은 소리에 아주 예민해요."

나는 그 말을 듣는 순간, 너무나 이기적이게도 안도감 비슷한 것을 느꼈다. 나는 내가 능력이 부족해서 상황이 이렇게 엉망진창이 되어가는 줄만 알았다. 그게 가장 답답하고 힘들었다. 그런데 그게 아니라니, 내가 뭘 잘못하고 있었던 게 아니라니, 다행이다 싶었다.

하지만 그 이상한 안도감은 잠시였을 뿐, 곧 서러움이 밀려왔다. 차라리 이 사실을 조금만 더 일찍 알았더라면, 내가 우리 아이를 적어도 미워하지는 않았을 텐데, 또 나 자신도 미워하지 않았을 텐데, 너무나 슬퍼졌다.

결국 피를 뽑아 유전자 검사를 한 후 어홍이는 몇 주 뒤 확진 판정을 받았다. 앞으로 계속 다른 아이들보다 발달이 느릴 것이며 여러 합병증들이 발생할 수도 있어서 평생 검사를 받아야 한다고 했다. 그러면서 의사는 나에게 A4 용지 한 장으로 된 성장별 검사 스케줄을 건네주었다.

그것을 들여다보니 사실상 매 시기마다 거의 모든 부분들을 검사해야만 했다.

나는 그런 상황들 속에서 어쩔 수 없이 엄마와 오빠 생각이 났다. 오빠도 어흥이도 사실은 사고에 가까운 것이었다. 어흥이의 증후군은 우리가 유전적으로 물려준 것도 아니고 앞으로 물려줄 것도 아닌, 자기 혼자 7번 유전자 하나를 떨어뜨리고 태어난 것이라고 했다. 하필 왜, 우리에게만, 엄마와 나에게만, 오빠와 어흥이에게만 이런 사고 같은 일이 일어났을까. 엄마도 이런 억울함을 안고 오빠를 계속 돌본 것이구나 싶었다. 하지만 나는 과연 엄마처럼 할 수 있을까, 자신이 없었다.

내가 이렇게 바보같이 방황하고 있는 사이에도 우리 아이는 느리지만 열심히 노력하고 있었다. 다른 아이들보다는 한참 뒤처졌지만 내가 모르는 사이에 조금씩 조금씩 성장하고 있었다. 결국 20개월이 다 되어서야 그런 아이의 모습이 나의 눈에도 들어왔다.

끝까지 걷지는 못했지만 팔에 힘이 붙어 팔다리를 들고서 빠르게 기어 다닐 수 있게 되었을 때였다. 자기도 너무 신기하다는 듯 눈이 동그랗게 되어서는 거실을 왔다 갔다 기어다니던 아이의 모습이 눈앞에 선하다. 그때쯤에서야 나는 우리 아이와 주어진 상황들을 원망하던 마음을 접고 조금씩 용기를 낼 수 있었다. 나도 엄마처럼까지는 아니더라도 할 수 있을 것 같았다. 그런 생각이 들자 우리가 맨 처음 만났을 때처럼, 나는 우리 아이를 다시 사랑할 수 있게 되었다.

하지만 도대체 무슨 이유에서인지, 내가 그런 마음을 먹자마자 아이는 마치 기다렸다는 듯 갑자기 내 품속을 떠나버렸다. 도대체 왜 우리에게 이런 일이 생긴 것일까. 또 나는 이 모든 것들에 대해 도대체 누구에게 물어야 할까. 묻는다 해도 언젠가 그 답을 알 수는 있는 것일까.

"왜 우리만 이런 거죠?"

나 좀 도와줘

유군과 나는 연애를 할 때 서로를 얽어매거나 집착하는 스타일은 아니었다. 사실 나도 더 어렸을 때는 내가 좋아한다는 이유로 상대에게 말도 안 되는 복종을 요구한 적이 있었다. 하지만 몇 차례의 연애를 통해 그것이 별 의미 없고 부질없다는 것을 깨달았을 때쯤 유군을 만났다. 물론 우리도 서로를 잘 모르던 연애 초반에는 서로 부딪히다 완전히 헤어질 뻔도 했다. 그 위기를 잘 넘기고 나자 이후에는 꽤 오랫동안 서로 거의 다투지 않는, 나름대로 안정적인 연애를 하게 되었다.

유군은 계속 만나다보니 겉보기와는 달리 아주 섬세

하고 예민한 사람이었다. 고집도 센 편이었고 그 누구라도 자기가 생각해놓은 자기만의 울타리 안으로 들어오면 강하게 밀어내는 사람이었다. 나는 몇 번의 경험을 통해 그것을 알게 된 이후 되도록 그 울타리 안으로 들어가지 않으려고 노력했다. 또 우리는 각자의 생활을 존중하는 의미로 일주일에 하루 이상 만나지 않았다. 나도 그때는 서로 질척대는 관계보다는 그게 더 멋있게 느껴졌다.

그런 우리는 결혼한 이후에도 한동안 별 갈등이 없었다. 나는 그 무렵 몇 년 동안의 교사 임용 시험 공부를 그만두고 한 고등학교에서 기간제 국어 교사로 일하게 되었다. 각자 다른 하루 스케줄이 있으니 자연스럽게 집안일도 분담했다. 내가 음식물 쓰레기를 버리면 유군은 분리수거를 했고, 내가 음식을 하면 유군은 설거지를 했다. 내가 집 안을 청소하면 유군은 화장실을 청소했다. 같이 머리를 맞대고 의논한 것도 아니었는데 오랜 연애 기간 덕이었는지 그냥 자연스럽게 그렇게 되었다. 나는 그런 우리에게 심지어 자부심마저 느꼈다. 우리는 이렇게 잘하고 있구나 싶었다.

그렇게 결혼 후 1년 동안의 생활은 아주 안정적이었다. 나는 매우 만족스러웠다. 하지만 그런 우리 역시 곧 결혼한 사람에게는 당연한 수순처럼 여겨지는, 아이를 낳는 것에 대한 고민의 과정에 들어가게 되었다.

아이를 낳아 길러본 경험이 없으니 고민해본들 가늠이 될 리가 없고 그래서 막연한 두려움마저 생겼다. 무엇보다도 당시의 안정적인 생활에 만족하고 있었기 때문에 혹시 이것이 망가질까 봐 걱정이었다. 그러다 그냥 둘이 살까 하는 쪽으로 마음이 기울고 있었는데 그것이 무색하게 불쑥 아이가 생겼다.

계획에 없던 일이 벌어지자 나는 처음에 무척 당황했다. 하지만 곧 이왕 이렇게 된 거 잘 해내고 싶었다. 그래서 일단 당시 학교의 재계약 제안을 거절하고 아이가 나오기 6개월 전부터 준비에 들어갔다. 관련 책도 사서 읽고 인터넷에 차고 넘치던 여러 가지 정보들도 열심히 찾아보았다. 자연분만과 모유 수유를 꿈꾸며 운동도 열심히 하고 보건소나 병원에서 하는 관련 강의도 찾아 들었다. 하지만 이런 나의 원대한 계획은 실전에서는 모두 하나둘씩 틀어지고 말았다.

　물론 미리 준비했던 것이 전혀 도움이 되지 않은 건 아니었다. 하지만 실전은 그 이상이었다. 아이는 내 예상과 계획대로 움직이지 않았다. 자연분만도 모유 수유도 보기 좋게 실패했다. 우리 아이의 특수한 상황에 대해서는 한참 지나서야 알게 되었으니, 그 전까지는 뭐가 잘 안 되면 다 내 잘못이었다. 나는 내가 원래 하던 일까지 그만뒀는데, 남들은 밖에서 일도 하면서 잘만 키우는데, 왜 이렇게밖에 못할까, 그런 생각들을 하면서 한없이 우울해했다.

　그때 나는 바로 인정했어야 했다. 이것은 내가 혼자할 수 없는 일이라는 것을. 그리고 유군에게 도움을 요청했어야 했다. 그것이 나의 자존심을 상하게 하는 길이 아니라 오히려 나를 지키는 길이었다.

　하지만 그즈음 유군도 바빠져 주말에도 회사에 나가는 상황이었다. 그래서 나는 말할 수가 없었다. 내가 어떻게 힘들다고 말할까. 그건 너무한 거야. 유군은 돈을 벌고 있잖아. 그러니 집안일도 내가 전보다 더 많이 해야 해, 그게 지금 내 일이야. 그 누구도 나에게 그렇게 얘기한 적이 없는데 혼자서 그렇게 생각했다. 지금 보니 사실 나는 아이를 낳고 돌보는, 아주 힘들고 중요한 일을 하고 있었다. 그런데도 눈앞에 당장 보이는 결과가 없다고 괜한 자격지심을 가지고 스스로를 더 구석으로 몰아댔다.

그렇게 오기를 부린 결과 불똥은 이상한 방향으로 튀고 말았다. 나는 아직 아무것도 할 수 없는 우리 아이를 미워하기 시작했다. 너 때문이라고, 네가 갑자기 생겨서 내 인생이 이렇게 되었다고 아이를 원망했다. 그때 나는 그런 말도 안 되는 생각을 할 것이 아니라 유군에게 빨리 말했어야 했다. 이렇게 말하고 도움을 청한 후 우리 아이를 한 번이라도 더 안아줬어야 했다. 사랑했어야 했다.

"나 좀 도와줘."

내가 하고 싶은 대로 할게

아이가 떠난 지 얼마나 된 것인지 따져보았다. 1년하고 8개월인가 보다. 그동안 시간이 얼마나 흘렀는지 생각하다 보면 깜짝 놀라고는 한다. 정말 오래전 일인 것 같은데 생각보다 얼마 되지 않았다.

하지만 예전 일은 벌써 아득하기만 하고 내 왼쪽 어깨와 가슴에 남아 있던 아이의 촉감도 희미해졌다. 아이는 꼭 내 왼쪽에만 안겨 있고 싶어 했다. 우리는 거의 종일 한 몸처럼 달라붙어 있었다. 그래서 아이가 갑자기 사라졌을 때 당장 몸에서부터 느껴지는 그 허전함을 견디기가 가장 힘들었다.

개인적으로도 그렇게 말도 안 되는 일이 벌어졌는데 하필 그때 내가 사는 이 나라에서도 말도 안 되는 일들이 불거졌다. 설마설마했는데 국정 농단 사태가 만천하에 드러난 것이다. 사실 근 10여 년간 이 나라가 이상하다, 말이 안 된다 싶기는 했다. 그럼에도 나 같은 사람이 할 수 있는 건 투표 정도뿐, 더 이상 어찌해야 할지 알 수가 없었다. 더욱이 그 10년은 내 인생에서 가장 혼란스럽고 바쁜 시기였다. 길었던 학업을 모두 마쳤으며 취업을 했고, 다니던 회사를 그만두고서는 시험 준비를 했으며 결혼도 하고 아이를 낳았다. 그렇게 나름대로 열심히 살았는데 허무하게도 결과가 이거였다. 내 인생도 내 나라도 엉망이었다.

물론 내가 그때 또 다른 걱정을 하는 것 자체가 좀 우스운 일이었다. 내 앞날이나 걱정해야 맞았다. 하지만 그러기에는 나라 꼴이 정말 말이 아니었다. 주변 사람들도 마찬가지였다. 다들 하루하루 생활에 치이느라 여유가 없었지만 가만히 있을 수는 없다고 했다. 그래서 우리는 모두 광화문으로 나갔다. 꾸역꾸역 나가서 촛불을 들었다. 그럴 수밖에 없었다.

그리고 이듬해 내 입장에서는 너무나 다행스럽게도 대통령의 탄핵 절차가 진행되었다. 큰 걱정거리가 그나마 하나 줄었다. 그제서야 나는 바로 정신과에 찾아갔다. 전문가의 도움이 필요한 시점이라고 생각했다. 별생각 없이 동네에 있는 병원을 예약했다. 평소에 운동을 다니는 곳 옆이었다. 그런데 가보니 어디서 많이 본 분이 앉아 있었다. 내가 긴 시간 동안 충성을 다해 봤던 한 텔레비전 예능 프로그램에 나왔던 장발의 의사였다. 이후 나는 그분을 지인들에게 '송쌤'이라고 칭하게 되었다.

송쌤은 줄줄 눈물을 흘려대며 그동안의 이야기를 하는 나를 보고는 누가 봐도 심각한 우울증 상태라고 했다. 그런데 문제는 이렇게 어떤 대상을 갑자기 상실했을 때의 우울감은 쉽게 사라지지 않는다고 했다. 아주 사랑했던 연인이나 배우자와 이별했거나, 전 재산을 사기당했거나, 귀하게 기르던 반려동물이 죽었거나 하는 등의 상황에서 느껴지는 감정들이 모두 자식을 잃은 나와 같을 수 있다고 했다. 상황에 대한 원인은 확실하나 그 원인을 다시 되찾아올 수 없는 것들이었다. 그러니 방법은 그저 잊는 것

뿐인데, 그 역시 잘 되지 않을 거라고 했다.

그러니 송쌤은 자신과도 매번 길게 이야기할 필요가 없다고 했다. 길게 이야기해봤자 아이 생각만 더 나고 별로 도움이 안 된다고. 그래서 나는 매일 저녁때와 자기 전에 약을 먹으면서 2주에 한 번씩 송쌤을 만나 그동안 어떻게 지냈는지 얘기했다. 그러면서 주체하기 힘든 내 감정을 가슴 깊은 곳에 넣어두는 연습을 했다. 그래서 그것이 아무 때나 튀어나오지 않도록 조절해야 한다고 했다. 그 얘기를 듣고 나니 어른들이 자식이 죽으면 가슴에 묻는 것이라고 하시던 말씀이 떠올랐다.

처음에는 과연 가능할까 싶었다. 마음속에서 시도 때도 없이 죄책감과 그리움, 후회, 슬픔, 분노, 억울함 같은 감정들이 마구 튀어나왔다. 물론 눈물은 예고 없이 그냥이었다. 내 의지로 조절되지 않았다. 그렇게 한 달여를 지내니 마음도 마음이지만 몸이 너무 힘들었다. 감정이 몸에 영향을 미칠 수 있다는 것을 그때 확실히 경험했다. 힘들어서라도 더 울 수가 없었다.

이론적으로는 어떤 죽음이든 3개월이면 극한의 감정

이 사라지고 6개월이면 정상적인 생활이 가능해진다고 한다. 나는 그런 설명을 인터넷 지식백과에서 처음 보았을 때 도대체 어떻게 그럴 수가 있나, 말이 안 된다고 생각했다. 그건 직접 경험해 보지도 못한 학자들이 현실을 모르고 하는 얘기라고, 자기들은 자식을 잃어보지도 않았을 거면서 하는 말로 보였다. 그런데 좀 더 지나고 보니 그것은 사실이었다. 나는 3개월이 지나자 아무 때 아무 곳에서나 울지는 않았다. 또 6개월 이후부터는 일상생활이 가능해졌다.

내가 그러는 사이 유군도 송쌤에게 진료를 받으면서 대부분 회사 일에 몰두하는 것으로 슬픔을 견뎠다. 그런데 그는 시는 한 줄도 쓰지 못했다. 사실 그는 회사원이기 이전에 글을 꽤 잘 쓰는 시인이었다. 그런데 뭐든 쓰려고 앉으면 아이 생각이 나서 도저히 쓰기가 힘들다고 했다. 꾸준히 들어오던 청탁들도 모두 거절했다.

그렇게 할 일이 없어져버린 우리는 갑자기 시간이 남아돌게 되었다. 아이를 키우는 동안에는 하루가 어떻게 지나는지 알 수 없을 정도로 바빴는데 말이다. 여하튼 평일은 각자 어떻게 밖에서 보내면 되었지만 주말이 문제였다. 셋이 함께 지내던 집에 둘만 덩그러니 있자니 힘들었다. 그래서 우리는 그 시간을 내가 '욕방'과 '가식방' 멤버라고 칭하는 이들과 만나 함께 보냈다. 그들은 고등학교 때 친구들과 동생들, 또 그들의 짝꿍들로 오랫동안 나의 삶을 옆에서 지켜 본 이들이었다. 그래서 만나서 별다른 설명을 할 필요가 없었다. 그게 참 다행이었고 고마웠다.

그렇게 유군과 나는 하루하루 어찌어찌 버텨보았다. 다행인 건지 우리 둘 다 극복의 의지가 있었다. 그러다보니 병원에 다닌 지 8개월이 조금 넘었을 때 일단 나는 정신과 치료를 마치게 되었다.

이렇게 점점 괜찮아지는 건가 싶었다. 주변 사람들도 슬슬 우리에게 다시 빨리 아이를 가질 것을 권했다. 일단 나도 유군도 더 이상 젊은 부모가 아니었다. 특히 양쪽 부모님들의 걱정이 이만저만이 아니었다. 시부모님은 무엇이든 직접적으로 이야기하지 않는 편이라 참는 듯했고, 우리 부모님은 좀 더 직설적이었다. 날 볼 때마다 빨리 손주를 내놓으라고 했다. 송쌤 역시 아이로 인한 상실감을 해결하는 가장 빠른 방법은 아이라고 했다.

그래서 나도 어느 순간 의지가 생겼다. 한동안 때마다 임신 테스트기를 붙들고 살았다. 하지만 무슨 이유에서인지 나는 다시 두 번의 유산을 겪었다. 어흥이를 임신했을 때는 겪어보지 못한 상황이었다. 그나마 첫 유산은 정신과 치료를 막 시작했을 때, 급한 마음에 가졌던 아이인지라 유산이 되어도 슬퍼할 겨를이 없었다. 그러나 두 번째 유산은 달랐다. 이제 다시 시작하고 싶다는 희망과 의지를 가졌을 때 벌어진 일이라 그런지 절망감이 훨씬 컸다. 그래서 나는 그때 심적인 변화마저 생겼다. 갑자기 너무나 이상한 생각에 사로잡혔다. 유군과 당장 이혼을 하고 싶었다.

아이를 보낸 이후에도 유군과 나는 관계에 전혀 문제가 없었다. 오히려 전보다 더 돈독하게 잘 지내고 있었다. 또 이혼이라는 단어는 평생 내가 떠올릴 수 없는 단어였다. 나에게는 벌어질 수 없는 일이었다. 그런데 지금 당장 그를 떠나지 않으면 내가 더 못 견딜 것 같았다. 심지어 다른 모든 식구들 곁에서도 떠나고 싶었다. 단 한 번도 상상하지 않았던 그런 상황들을 왜 내가 생각하게 된 것인지, 도대체 이유를 찾을 수가 없었다. 결국 나는 또다시 송쌤을 찾아갔다.

다시 돌아온 나에게 송쌤은 일단 많이 지쳐서 그런 것 같으니 당분간 아무런 생각을 하지 말고 지내보라고 했다. 깊게 생각해봤자 답도 안 나오고 더 부정적인 쪽으로만 생각할 수 있다고. 나는 정말 아무 생각을 하지 않으려고 노력했다. 나 자신은 조금씩 안정되는 것 같았다. 하지만 내가 그러고 있는 사이 한쪽에서는 또 다른 문제가 자라나고 있었다.

내가 그렇게 나만 들여다보고 있던 사이 예민하고 섬세한 유군은 다 눈치채고 말았다. 내가 자신을 떠나고 싶어 한다는 것을 말이다. 그는 큰 충격을 받은 모양이었다. 나중에 얘기하기를 거의 아이를 잃었을 때와 같은 느낌이었다고 했다. 차라리 그냥 알아채지 못했으면 좋았을 텐데, 그는 감수성이 남다른 사람이었다. 그래서 평소에 나에 대한 배려도 많은 것인데 이번에는 그것이 전혀 반갑지 않았다. 도리어 안타깝고 원망스럽기까지 했다. 이런 마음은 적당히 좀 몰라줘도 좋을 텐데. 그럼 내가 좋은 쪽으로 알아서 잘할 수 있을 텐데. 나는 그에게 송쌤이 내가 지쳐서 그런다니까 시간이 지나면 괜찮아질 거라고, 그러니 좀 기다려달라고 부탁했다. 일단 올해까지만 그냥 나를 내버려두라고.

하지만 안타깝게도 우리는 상황으로 인한 한계가 있었다. 둘 다 누가 누구를 기다려주고 배려할 수 있는 상태가 아니었다. 누구 한 사람만 자식을 잃은 것이 아니었고 각자 큰 상처를 안고 있었다. 그나마 상처를 추스르는 방법이나 속도라도 같으면 같이 뭔가 해볼 수도 있었을 텐데 그것은 불가능한 일이었다. 우리는 똑같은 사람이 아니었다. 서로 다른 사람들이었다. 그러니 상처를 이겨내는 방법도 각자 다를 수밖에는 없었다. 더구나 그건 누구의 잘잘못을 따질 수 있는 것도 아니었다.

그래서 나와 유군 사이에는 계속해서 이상 상황들이 발생했다. 어느 순간부터 나는 유군과 길게 이야기를 하면 머리가 아파왔다. 지금까지 우리 관계의 가장 큰 장점은 서로 말이 잘 통한다는 것이었다. 무엇이든 같이 이야기해서 해결하는 것을 좋아했다. 그런데 이제 유군은 입만 열면 당장 내가 대답할 수 없는 것들을 묻는 것 같았다. 자꾸 나를 몰아세우는 것 같았다. 그래서 기분 좋게 이야기를 시작했다가도 어느 순간 내 입은 떨어지지 않았다. 그럼에도 불구하고 자꾸 나에게 말을 하는 유군이 너무나 미웠다.

하지만 유군 입장에서는 또 그럴 수밖에 없었다. 눈앞에서 마구 흔들리고 있는 나에 대한 불안감을 견딜 만한 어떤 것이 필요했다. 그러니 내가 앞으로 어떻게 할 것인지 조금이라도 알아내야만 했다. 그는 나에게 그래야 자신도 좀 견디고 기다릴 수 있을 것 같다고 말했다. 하지만 나도 나 자신이 앞으로 어떻게 할지 알 수가 없었다. 그래서 어떤 대답도 해줄 수가 없었다.

이런 나에 대해서 송쌤은 결국 마음의 상처 때문이라고 했다. 내 입장에서는 누구든 미래를 얘기하면 결국 또 아이 문제를 떠올릴 수밖에 없고, 현재 그 과정을 다시 반복하고 싶지 않으니 이야기하고 싶지 않은 것이라고 했다. 사랑했고, 그래서 평생을 약속하며 결혼했고, 예쁜 아이까지 함께 가졌던 유군이 나에게는 절망스러운 기억을 상기시키는 사람이 된 것이었다. 말도 안 되는 일이었다. 혹시나 우리의 사랑이 식으면 어쩌나, 혹은 서로 질려서 지루해지면 어쩌나, 이런 것들을 미리 걱정해 본 적은 있었지만 이런 식의 위기는 상상조차 못 해본 일이었다.

송쌤의 이야기를 듣고 나니 자책감이 밀려왔다. 사실 나는 아주 이상한 사람이었나 하는 생각이 들었다. 남들은 그럼에도 불구하고 힘들지만 다시 아이도 낳고 열심히 키워가면서 이겨낸다는데, 나는 왜 모두가 편안해질 수 있다는 그 길을 피하고 있는 건지, 왜 이렇게 이기적이게 된 건지, 내가 너무 나쁜 사람으로 느껴졌다.

더욱 그렇게 생각할 수밖에 없었던 것이 나는 아이를 싫어하게 된 것도 아니었다. 아이를 다시 낳고 싶은 생각도 분명 있었다. 하지만 그 과정을 함께하는 대상이 유군이라고 생각하면 한없이 막막해졌다. 무엇이든 같이 하고 싶었던 전과는 달리 그와의 미래가 잘 그려지지 않았다. 그와 다시 한번 반복하게 된다면 그 과정에서 느끼게 될 떠난 아이에 대한 그리움이나 불안감을 과연 내가 이겨낼 수 있을지 확신이 없었다.

송쌤은 이런 나에게 단호하게 말했다. 그럼에도 대부분의 사람들은 반복을 하고 산다고. 그러므로 나도 노력해야 한다고. 또 만약 완전히 새로운 인생을 산다고 해도 더 나아질 수 있는 것은 아니라고. 오히려 더 나빠질 수 있다고. 특히 유군은 좋은 사람이고, 같은 고난을 함께 겪고 있는 동지이며, 지금 그 동지를 버린다면 모든 사람들이 나를 비난할 것이라고, 그러면 나는 오히려 더 외롭고 고단한 인생을 살게 될 것이라고.

그런데 또 나라는 사람은 만약 그런 선택을 하게 된다고 하더라도 그것으로 인해 몰려오는 외로움과 고난을 기꺼이 온몸으로 받을 사람이라고 했다. 자신이 선택했다는 이유로 말이다. 송쌤은 사실 그게 더 문제라고 했다. 지금보다 더 힘들어질 수 있다고. 그러니 신중하고 또 신중해야 한다고 했다.

하지만 이런 아주 냉정한 송쌤의 말도 당장 내 마음에 큰 변화를 주지는 못했다. 여전히 내 마음의 한쪽에는 모든 것들로부터 떠나고 싶은 생각이 남아 있다. 그럼에도 불구하고 현재까지 나는 유군과 식구들 곁을 떠나지 않았다. 나의 마음 한쪽은 그들 곁에 있어야 한다고 말하고 있다. 그 이상의 생각은 잘 들지 않지만, 인생을 살면서 늘 모든 것들이 명쾌할 수만은 없으니까. 때로는 이렇게 명확한 답을 알 수 없어 답답해도 그것을 견디면서 살기도 해야 하나 보았다.

그런데 내가 이 시간을 다 지내고 나면 다시 전처럼 반복의 과정을 거칠 수 있을까? 나도 모르겠다. 앞날은 알 수 없다는 것도 이제 너무나 잘 알게 되었다. 하지만 적어도 나는 지금의 이런 나에게 이 말을 먼저 해주고 싶다. 아무도 해주지 않는다고 하더라도, 또 한참 잘못된 말이라 하더라도, 나는 나에게 먼저 용기를 주고 싶다. 힘을 주고 싶다.

"네가 살고 싶은 대로 살아."

고맙습니다

아이가 떠난 날 저녁, 정신이 조금 들자 고민이 되었다. 이 일을 당장 어디까지 알려야 하는지 판단이 쉽게 서지 않았다. 어린 자식과의 이별은 부모인 나와 유군에게도 너무나 갑작스러운 일인데 또 다른 가족들과 주변 사람들은 또 어떨까 싶었다. 장례식장 의자에 홀로 앉아 휴대전화를 꼭 쥐고서 한참 생각하고 또 생각했다.

그나마 다행이라고 해야 하는 건지 유군 쪽은 평소에 뵙기 힘들었던 친척들까지 온 가족들이 모인 결혼식 피로연장에서 벌어진 일이라 더 알릴 필요가 없었다. 한편 우리 쪽 식구들에게는 내가 직접 전화로 알려야만 했다. 나는 엄마에게 전화를 걸었다. 그리고 이렇게 말했다.

"엄마, 우리 애가 죽었어."

돌려 말할 힘도 여유도 없었다. 엄마는 도무지 믿을 수 없는 모양이었다. 오전까지만 해도 옹알옹알 전화 통화를 했던 아이가 갑자기 죽었다니. 통화를 끝내고 우리 식구들은 바로 서울에서 차를 몰고 장례식장으로 달려왔다. 엄마는 오자마자 아이를 당장 눈으로 봐야겠다고 우겼다. 나는 죄인이 된 기분이었다. 나 때문에 모두가 상처를 받게 된 것 같았다.

이다음부터가 고민이었다. 어린아이라 빈소도 없고 이튿날 당장 화장이니 일반적인 부고와는 달리 장소 고지 등도 필요 없었다. 그러니 만약 알린다면 그냥 '이런 일이 생기고 말았습니다'라고 상황만 알리게 되는 것이니 이게 무슨 필요가 있나 싶었다. 사방에 우리 아이가 죽었다고 알리는 꼴이었다.

하지만 감정을 억누르고 좀 더 생각해보니 우리 아이 입장에서는 그게 아닐 수도 있었다. 짧은 생이었지만 그동안 아이가 이 세상에서 우리 외에 만났던 사람들이 있었다. 그들은 자신들의 아이 옷이나 필요할 만한 물건을 우리 아이에게 아낌없이 물려주거나 새로 선물했으며, 만나면 예뻐하고 안아주고 놀아줬다. 그런 사람들에게 혹시 우리 아이가 마지막으로 인사하고 싶어 할지도 모른다는 생각이 들었다. 그래서 나는 생각나는 이들에게 휴대전화 메시지를 보냈다.

그들은 당연히 너무나도 놀란 모양이었다. 나는 그들에게도 충격과 상처를 준 것 같아 미안했다. 모두 우리가 있는 곳으로 오고 싶어 했지만 마음만 받았다. 누가 와도 내가 맞이할 수 있는 정신이 아니었다. 물론 고민 끝에 먼 걸음을 와준 친구도 있었다. 그건 또 그것대로 큰 위안이었다.

그렇게 슬픔과 미안함과 고마움이 온통 뒤섞인 이틀을 보냈다. 모든 절차를 마치고 유군과 나는 아이와 함께 살던 집으로는 도저히 돌아갈 수 없었다. 그래서 일단 엄마 아빠 집으로 갔다.

유군네 식구들이 제정신이 아니었던 우리를 추스르면서 모든 장례 절차를 도와주었다면 우리 가족들은 뒤에 남은 일들을 도와주었다. 다음날 바로 아이와 함께 있었던 집으로 가서 물건들을 정리했다. 그때 빨리 그것들을 정리한 것은 잘한 일이었다. 그렇게 옆에서 누군가가 같이 해주지 않았다면 우리는 아직까지 아무것도 정리하지 못했을 것이다.

아이 물건들은 생각보다 훨씬 많았다. 3년여를 아이를 1순위에 두고 살았다. 그사이 아이의 물건들은 온 집안을 가득 채우고 있었다. 그것들 중 최근까지 아이가 계속 입었던 옷들이나 가지고 놀았던 장난감 몇 개만 남기고 태우기로 했다. 도저히 모두 다 태울 수는 없었다. 우리 식구들은 물건들을 고르고 분류하고 포장하는 작업을 같이 해주었다. 그런데 정리하다보니 여기저기서 미리 준 옷이나 신발도 아주 많았다. 또 미리 사둔 기저귀와 분유도 있었다. 이것들은 다 새것 혹은 새것이나 다름없는 것들이었다. 어떻게 할까 하다가 모두 상자에 넣어서 여기저기에 기부했다. 그렇게 순식간에 집에서 아이의 흔적들을 모두 지웠다.

그러고 나서 나와 유군은 사망진단서를 들고 여기저

기 다니면서 온갖 서류들에서도 아이의 흔적을 지웠다. 모든 일을 다 끝내고 나니 허망하기 짝이 없었다. 아이를 배 안에 품게 되면서부터 조심조심 열 달을 보냈고 낳고 나서도 좌충우돌하면서 그렇게 어렵게 길렀다. 그 시간에 비하면 끝은 너무나 쉬웠다. 그래서 나는 모든 것들을 도무지 실감할 수 없었다. 그냥 내가 잠시 무슨 꿈을 꿨던 것인가 싶었다. 애초부터 아무 일도 없었던 것 같기도 했다.

주변에서는 우리에게 바로 이사할 것도 권했다. 하지만 그러지 못했다. 일단 다른 곳을 찾아 떠날 힘이 남아 있지 않았다. 그리고 떠난다고 해도 현재의 고통이 덜해질 것 같지 않았다. 결정적으로 이렇게 이 집을 떠나버리면 아이만 여기에 두고 우리만 도망치는 거 아닌가 하는 생각이 들었다. 매 순간 너무 고통스러울지라도 그냥 이곳을 지키고 있어야 할 것 같았다.

유군의 회사에서는 감사하게도 유군에게 한 달 정도의 휴가를 권해주었다. 하지만 그는 사양하고 바로 회사로 나갔다. 아무것도 하지 않고 가만히 있는 것이 더 힘든 모양이었다. 그는 그렇게 일에 몰두했다. 그런데 문제는 나였다. 아이를 키우는 것이 최근까지 내가 하던 일이었는데 나는 순식간에 할 일을 모두 잃어버렸다. 늘 아이와 단둘이 시간을 보내던 그곳에 나 하나만 덩그러니 남았다. 처음에는 어찌할 바를 몰라 그냥 유군이 올 때까지 집에서 시간을 보냈다. 수면제를 먹은 사람처럼 종일 잠만 자다 깨서는 울고 다시 자고를 반복했다.

하지만 곧 이렇게 지내서는 안 된다는 생각이 들었다. 사실은 이렇게 잠이나 자고 편하게 있을 자격도 없다고 생각했다. 그래서 생각나는 대로 뭐든 하나씩 해보기 시작했다. 아이를 키울 때는 하고 싶어도 자주 하지 못했던 운동을 매일매일 꼬박꼬박 했다. 그러다가 유군이 출근할 때 집에서 나와 카페에 앉아 닥치는 대로 글을 쓰기 시작했다. 그러다보니 이렇게 내 이야기를 전부 다 글로써 털어놓을 수 있는 상태에 이르렀다.

이 모든 것들이 가능했던 것은 일단 나보다 흔들리지 않은 유군 덕분이었다. 그리고 우리 가족들 덕분이었다. 또 많은 주변 사람들의 꾸준한 위로와 도움 덕분이었다. 가장 가깝게 지내며 전과 변함없이 톡방에서 매일매일 일상들을 떠들어주던 욕방 친구들 덕분이었고, 색깔도 모양도 제각각인, 봉투 한 묶음으로 마음을 표현해줬던 유군 곁의 회사 사람들 덕분이었다. 지방에서 단걸음에 달려와 나를 꼭 안아주고 다시 내려갔던 예전 회사 동기들 덕분이었고, 외국에 살면서도 혼자 있을 내가 걱정되어 매일 국제 전화를 해주던 친구 덕분이었다. 다니던 절에서 천도재를 지내주시고 다니던 성당에서 연미사를 지내주신 내 친구 엄마들 덕분이었고 교회를 다니면서 나와 우리 아이를 위해 기도를 해준 친구 덕분이었다.

하지만 그런 나의 가족과 지인들에게 나는 아직까지도 이 말 한마디를 제대로 하지 못했다. 때를 많이 놓친 것 같아 아쉽지만, 또 혹시 내가 다 알지 못하고 있는, 멀리서나마 나와 우리 아이를 생각해준 모든 분들에게 이제라도 말하고 싶다.

"정말 고맙습니다."

됐고, 생각 좀 해볼게

내가 유군을 처음 본 곳은 입사 면접을 보기 위한 대기 장소였다. 여자들 사이에 앉아 어떤 남자 한 명이 주변을 두리번거리고 있었는데 그가 바로 유군이었다. 그때 내가 그에게 느낀 첫인상은 한 마디로 '촌스럽다'였다. 시커먼 얼굴에 어색해 보이는 머리를 하고, 전혀 몸에 안 붙는 듯한 회색 양복에 구두를 신고 있었는데 그 위로 완전 안 어울리는 하얀색 스포츠 양말이 보였다. 내가 태어나서 본 남자 중에 최고로 촌스러웠다.

이후 합격 통지를 받고 나서 처음으로 회사에 출근해 보니 그 촌스러운 남자가 바로 내 옆자리에 앉아 있었다.

그렇게는 안 보였는데 나보다 나이가 한 살 어렸고 무슨 시를 쓰고 있다고 했다. 시인이 되려고 한다길래 나는 특이하네, 그런가 보다 했다. 이후 우리는 같은 팀원이 되어 거의 매일 보게 되었다.

유군은 우리 팀에서 유일한 남자였음에도 불구하고 여자들 사이에서 말도 잘하고 별로 어색해하지 않았다. 또 일도 둘이 함께 해야 하는 경우가 많았고 비슷한 또래의 다른 팀 입사 동기들과 함께 틈틈이 어울리다보니 우리는 금방 친해질 수 있었다. 그래서 퇴근하다 그냥 단둘이 맥주 한잔 같이 마실 수 있을 정도로 편한 동료 사이가 되었다. 그때 유군은 나에게 절대로 남자가 아니었다. 왜냐하면 나는 당시 무슨 일인지 입사 후 밀려들었던 소개팅에 몰두하고 있었고 결정적으로 유군도 1년 넘게 사귄 여자친구가 있었다.

그렇게 1년이 지나가고 그 사이 나는 짧지만 강렬했던 '롱디long distance 연애'를 끝냈다. 그 연애 후에 나는 한동안 매일매일 그렇게 서럽고 가슴이 아플 수가 없었다. 누군가와 처음 헤어져보는 것도 아니었는데 매일 눈물 바람이었다. 이전에는 볼 수 없었던 나의 모습이었다. 심지어 부끄러운 줄도 모르고 회사 팀원들 앞에서까지 눈물을 줄줄 흘리기도 했다. 그때 유군도 열심히 위로를 해주던 사람들 중 한 명이었다. 그렇게 몇 개월을 더 보내고 난 후 나는 당분간은 연애를 하지 않으리라 마음먹었다. 지긋지긋했다.

그러던 즈음 어느 날 우리 팀은 여느 때와 같이 회식을 했다. 그날은 분위기가 특히 좋아서 다 함께 신나게 이야기를 나누다 기분 좋게 헤어졌다. 집에 도착하니 이미 자정이 다 된 시간이었다. 바로 씻고 잘 준비를 하고 있었는데 갑자기 휴대전화로 문자 하나가 왔다.

문자를 보낸 사람은 놀랍게도 유군이었다. 우리는 회사에서 거의 매일 보기 때문에 사실 문자를 따로 주고받을 일은 딱히 없었다. 그래서 뜻밖이라고 생각했는데 그 내용도 좀 이상했다. 자기는 술을 한잔 더 마셔야겠으니 다시 나오라는 것이었다.

나는 농담인가 싶었다. 그래서 '나는 이미 취침 준비를 마쳤으니 다시 나갈 수 없다. 정 그렇게 술을 더 먹고

싶으면 네가 오든지'라고 답을 했다. 당연히 '설마 오겠어'
싶었다. 그런데 유군은 그 메시지를 보고서 바로 전화를
해서는 정말 우리 동네로 오겠다고 박박 우겼다.

　나는 혹시 무슨 일이 있는 건가 싶었다. 그래서 일단
오라고 하고는 대충 보이는 대로 옷을 갈아입고 집 앞 술
집 근처로 나갔다. 그냥 생맥주나 한잔 먹이고 보내야겠다
고 생각했는데, 유군은 도착해서 나를 보자마자 내 손을
덥석 잡았다. 나는 너무 당황했다. 당장 손을 뿌리치고 일
단 술집으로 유군을 데리고 들어갔다. 그리고 앞에 앉혀
놓고서는 한참 나이 많은 누나처럼 잔소리를 시작했다.

　일단 넌 여자친구가 있지 않으냐고 했더니 유군은 헤
어졌다고 했다. 헤어졌다니 할 말이 없었지만, 곧 다시 정
신을 차리고 '우리는 회사 동료다. 그리고 나는 너보다 나
이가 많다. 나는 곧 결혼 적령기다. 얼마 전까지 울고불고
하는 거 보지 않았느냐. 나는 당분간 누구를 만날 생각이
없다' 등 생각나는 대로 이 말 저 말을 내뱉었다. 빨리 정
신을 차리게 해야겠다는 생각뿐이었다. 하지만 유군은 요
지부동이었다. 내가 그럼 생각할 시간을 좀 달라고 했더

니, 자기는 이 자리에서 대답을 들어야겠다고 우겼다. 그리고 만약에 거절이라면 자신은 내일부터 회사도 나오지 않겠다는 황당한 소리를 했다.

한밤중에 이런 습격을 당하고 나니 머릿속이 멍해졌다. 정신이 하나도 없었다. 가장 큰 걱정은 애가 정말 내일부터 회사를 나오지 않으면 어쩌나 하는 것이었다. 그럼 나는 어떻게 해야 하나, 모르는 척해야 하나, 요새 회사는 교과서 제출을 앞두고 제일 중요한 시기인데 이런 일이 생겨도 되는 건가, 걱정되었다.

그래서 일단 알았다고 하고 이튿날 번복을 하든지 해서 수습해야겠다고 생각했다. 하지만 수습은커녕 우리는 다음날부터 만나기 시작해서 결국 4년여를 더 만났고, 지금까지 헤어지지 않았다.

그렇게 시작도 얼떨결에 했는데 사실 결혼도 마찬가지였다. 결정하기 전에 충분히 더 생각해볼 수 있었다. 하지만 결혼 역시, 뭐 길게 만났으니까 응당 해야 하겠거니 하는 분위기로 스리슬쩍 진행되었다. 나는 거기에 한 번도 이의를 제기하지 않았다.

지금에 와서 이런 상황과 선택들이 옳았다 옳지 않았다를 따지자고 이런 얘기를 하는 게 아니다. 나는 그동안 유군을 충분히 사랑했고 그로 인한 선택들이었음은 부인할 수 없다. 다만 이성과 만날 때의 내 한결같았던 수동적인 자세가 결혼까지 이어진 것이 아쉽다. 유군뿐만이 아니었다. 나는 왜 대부분의 연애 관계에서 늘 그런 수동적인 태도를 취했을까. 내 성격 탓인 건지, 아니면 여자는 사실 받아들이는 쪽이어야 한다는, 어떤 사회적인 가치관과 분위기에 길들여진 건지 잘 모르겠다.

다만 유군이 그렇게 우기기에 가까운 고백을 했을 때 나는 이렇게 말할 수 있었다. 그리고 더 생각할 수 있었다. 만약에 내가 그때 이렇게 말했다면 우리는 지금 어떻게 되었을까? 결국 결혼까지 이어질 수 있었을까?

"됐고, 생각 좀 해볼게."

괜찮아, 나쁘지 않아

유군이 우리 집에 처음 인사를 왔을 때였다. 엄마는 나에 대해서 당당하게 유군에게 이렇게 얘기했다. 당신이 나를 아주 '신토불이'로 키웠다고. 이때 신토불이라는 단어를 원래의 의미대로 해석하면 이 말의 진정한 뜻을 제대로 이해할 수 없다. 이 단어에는 숨어 있는 상황과 맥락이 있다.

하지만 눈치 빠른 유군은 역시 이 말을 바로 다 알아듣고 말았다. 나중에 말하길 그는 그 진지한 분위기에 하마터면 웃음을 터뜨릴 뻔했다고 했다. 물론 나도 그때 튀어나오려는 웃음을 애써 참으며 정말 우리 엄마답다고 생각했다.

이상하게도 엄마는 나에게 이성 관계에 있어서만큼은 어렸을 때부터 아주 보수적인 태도를 주입했다. 내가 그동안 그런 엄마의 기대에 부응했는지는 잘 모르겠다. 하지만 이를테면 육체적 본능에 이끌려 거기에 막 몰입한다든지 뭐든 마음 가는 대로 충동적으로 저지르고 본다든지 하는 연애는 전혀 해보지 못했다. 이게 그 누군가가 보기에는 참 안타까운 상황일 수 있는데 우리 엄마에게는 어떤 자부심마저 준 모양이었다. 그러니까 엄마는 '신토불이'라는 단어를 통해 유군에게 그동안 당신이 나를 참 순진하고 얌전하게 키웠다, 뭐 그런 얘기를 하고 싶었던 것이다.

그런 엄마의 교육 방침 탓에 나는 스무 살 이전까지 남자와의 신체적 접촉은 생각조차 하지 못했다. 물론 동네 오빠를 짝사랑한다든지 아니면 어떤 선생님을 좋아한다든지 하는 이성에 대한 감정을 느낀 적은 있지만, 그런 생각이 들더라도 그 사람과 손을 잡거나 키스를 하는 건 상상조차 하지 못했다. 세뇌가 그렇게나 무서운 것이다.

그런데 드디어 스무 살이 되고 대학에 입학하고 나니

마음속 깊이 숨어 있던 이성에 대한 호기심이 꿈틀대기 시작했다. 사실 나는 원래 궁금하고 알고 싶은 것이 참 많은 성격이다. 그런데 그런 기질이 오랜 시간 억압되었으니 그것을 깨닫게 된 후 나 혼자서 이제 때가 되었다고 생각한 것이다.

하지만 그렇게 생각을 했는데도 1년 정도는 이성과의 만남 자체가 없었다. 나는 여대에 입학했고 심지어 한 학기만 다니고 휴학까지 했다. 그래서 누구를 만날 기회가 없었다.

그사이 딱 한 번, 기회라면 기회가 있기는 있었다. 어느 날 어떤 남자가 지하철에서부터 집 앞까지 따라왔다. 자신을 모 대학의 대학원생이라고 소개하며 휴대전화를 내밀더니 연락처를 달라고 했다. 하지만 아무런 경험이 없었던 나는 그만 그 사람에게 "죄송합니다"라고 말하고 말았다. 그러면서 심지어 90도로 허리를 숙여 인사했다. 도대체 그때 나는 뭐가 그렇게 죄송했을까.

여하튼 스무 살은 그렇게 보내버렸다. 그리고 스물한 살 때부터 나는 다시 학교를 열심히 다녔다. 그러면서 당시 학교 친구들이 먼저 가입한 대학 연합 동아리에 가입했다. 그 동아리 활동을 계기로 처음으로 혼자서 우리나라를 떠나 일본 시마네현으로 갔다. 농업을 주제로 열린 그곳 국제 캠프에 참여했는데, 그때 거기서 뜻밖에도 내 첫 키스의 상대를 만났다.

도착해보니 일본 캠프의 호스트는 그 지역에서 태어나고 자랐다는, 장난기가 아주 가득한 일본 남자 친구였다. 그리고 미국, 독일, 프랑스, 일본, 한국에서 다양한 연령의 남녀가 열명 좀 넘게 모여 있었다. 캠프 장소는 농업도 하고 어업도 하는 작은 마을이었는데 우리는 마을회관에서 다 함께 생활했다. 당번을 정해 밥도 해 먹고, 방이 많지가 않아 잠도 그냥 넓은 다다미 바닥에 침낭을 깔고 다같이 모여 잤다. 우리는 호스트가 이끄는 대로 매일 마을 봉사도 나가고 여러 지역 행사들에 참여했다.

참가자들은 기본적으로 일본에 관심이 있던 사람들이어서 그런지 일본어를 조금씩 할 줄 알았다. 나도 고등학교 때 제2외국어로 일어를 배웠던지라 조금은 할 수 있어서 우리는 일어와 영어와 보디랭귀지를 적당히 섞어 쓰면서 소통했다.

그런데 프랑스에서 온, 아스카라는 남자가 캠프 첫날부터 좀 이상하게 굴었다. 나보다 한 살 위였던 그는 아버지는 프랑스인이고 어머니는 일본인이라고 자신을 소개했다. 키가 아주 컸고 생긴 것은 분명 서양 사람이었는데 머리카락과 눈은 우리처럼 까만 동양인과 같았다. 내 입장에서는 좀 덜 낯설게 생긴 외국인이었다. 그런 그가 어느 순간부터 자꾸 내 옆에 와 있었다.

사실 지금보다도 훨씬, 뭘 몰라도 너무 몰랐던 나는 그것이 무엇을 의미하는지 전혀 몰랐다. 그는 처음부터 최대한 열심히 나에게 호감을 표시하고 있었다. 그러나 나는 예나 지금이나 이성 관계에서는 특히 조심스럽고 의심이 많았다. 앞서 말했듯 엄마에게 그렇게 배웠다. 그래서 상대가 정확히 뭐라고 말을 하지 않는 한 무엇이든 확신하지 않았다. 뭔가 좀 간질간질한 느낌이 계속 들어도 그냥 넘기고 말 뿐이었다.

그러다가 다 함께 하루를 잘 보낸 날 밤이었다. 모두가 밤마다 모여 자던 그 공간에는 거의 벽 한 면만 한 커다란 창문이 달려 있었다. 그런데 창밖으로 훤히 보이던 밤 하늘에 그날따라 커다란 보름달이 보였다. 창문 틈 사이로 달빛이 새어 들어오고 모두 잠들어 주위는 조용했다. 그때의 풍경은 꼭 어떤 일본 애니메이션에서 봤던 그것이었다. 그런데 갑자기 저쪽에서 자는 줄 알았던 아스카가 갑자기 내 곁으로 다가왔다.

신기했다. 그렇게 뭣도 모르고 눈치도 없던 나였는데, 그때만큼은 곧 무슨 일이 벌어질지 단번에 알 수 있었다. 말로만 듣던, 혹은 드라마나 영화에서나 보던 첫 키스의 순간이 찾아온 것이었다. 가슴이 두근거리기 시작했는데 나는 바로 갈등이 되었다. 원래 이런 건 사랑하는 사람이랑 하는 거라던데. 심지어 본 지 며칠 되지도 않은, 더구나 외국인인 이 사람이랑 해도 될까. 덜컥 겁이 났다.

하지만 그때 그 공간의 묘한 분위기 때문이었는지, 아니면 집을 훌쩍 떠나왔기 때문이었는지, 용기가 생겼다. 그리고 무엇보다도 도대체 그 키스란 것이 무엇인지 나는 너무나도 궁금했다. 이번이 드디어 그것을 알 수 있는 기회다 싶었다. 그렇게 결심한 나는 두 눈을 꼭 감았다. 그러자 아스카는 내 입술에 천천히 자신의 입술을 가져다 대었다.

그런데 좀 지나고 나니 이상했다. 분명 듣기에는 첫 키스를 하는 동안에는 막 정신이 아찔해진다든지 눈앞이 하얗게 된다든지 아니면 귀에서 땡땡 종소리가 들린다고 했는데, 결과는 전혀 달랐다. 나는 그와 첫 키스를 하는 도중 금방 다시 겁이 났고, 그래서 눈을 조금 떠서는 창문 밖에 떠 있던 커다란 달에게 시선을 주고 말았다. 그 달 속에서 나는 달만큼이나 커다란 엄마의 얼굴을 보았다. 충분히 아름다울 수 있었던 그때의 그 순간이 곧바로 그렇게 온통 엄마의 얼굴로 뒤덮였다. 죄책감이었다.

어쨌든 그렇게 물꼬를 튼 아스카는 이튿날부터 나에게 더욱 적극적으로 다가왔다. 더구나 우리에게는 시간이 없었다. 2주 뒤에는 다시 각자가 있던 곳으로 돌아가야 했다. 하지만 나는 그날 밤 이미 엄마의 얼굴을 보고 말았으니 더 이상 뭘 어찌할 수 없는 상태가 되었다. 그래서 시도 때도 없이 입술을 내미는 그에게 이렇게 말할 수밖에 없었다. 이제 더 이상은 너와 뭔가를 할 수 없다고.

그런데 그렇게 잔뜩 겁을 집어 먹은 나에게 아스카는 이렇게 말해줬다. 자기는 정말 네가 왜 이러는지 잘 이해가 되지 않지만, 네 뜻을 존중한다고. 그러니 억지로 뭔가를 하지는 않겠다고. 괜찮다고. 걱정하지 말라고. 나는 한결 마음이 놓였다. 그래서 이후 남은 시간 동안 나와 아스카는 최선을 다해 즐겁게 지냈다. 그렇게 짧았지만 아주 귀여운 연애를 하다가 우리는 각자의 나라로 돌아왔다. 그리고 현실로 돌아온 나는 얼마 되지 않아 곧 이메일로 그에게 미안함을 담아 작별을 고했다.

돌이켜보면 아스카 이후에도 마찬가지였다. 사랑이란 마음으로 하는 것이기도 하지만 몸으로도 할 수 있다는 것을 나는 아주 뒤늦게 알았다. 대부분의 시간에 나는 겁을 내고 주춤거리느라 바빴다. 그래서 그때의 상대는 내가 이상한 사람이라고 생각하거나 자신을 충분히 좋아하지 않는 거라고 오해할 수도 있었다. 그럼에도 나는 운이 좋게도 늘 존중받았고 사랑받았다.

하지만 그래서 지금 그들에게 미안하기도 하다. 매번 나만 생각하느라 상대에게 최선을 다하지 못했던 것은 아닌가 싶다. 온전히 내 사랑을 다 보여주지 않고 숨긴 것 같기도 하다. 또 좀 더 용감하게 몸과 마음을 아끼지 않고 상대에게 쏟았다면 느낄 수 있었을 여러 감정들을 그렇게 다 놓쳐버린 것은 아닌가 싶기도 하다.

그래서 지금은 이렇게 이야기하고 싶다. 잔뜩 긴장하고 죄책감에 시달리느라 그 아름다웠던 첫 키스의 순간에도 온전히 몰입하지 못했던 그때의 나에게 말이다.

"괜찮아, 이거 나쁜 거 아니야."

나랑 사귈래?

나에게는 언니나 여동생이 없다. 그 대신 오빠와 남동생이 있다. 남자 형제들과 쭉 자라다보니 사실 지금도 굳이 비교하면 여자들보다 남자들이 더 편하다. 그래서 여동생들에게는 더 잘해주고 싶고 언니들에게는 오빠들보다 더 깍듯하게 예의를 지키게 된다. 좀 더 어색하니까.

반면 연애는 또 달랐다. 남자들과 친구처럼 편하게는 지낼 수 있는데 좀 다른 감정이 섞이면 어떻게 해야 할지 어려웠다. 언니라도 있었다면 보고 듣기라도 했을 텐데……. 답답해서 그런 생각도 해봤다. 더구나 여중, 여고, 여대를 나온 탓에 가족이 아닌 이성과 자연스럽게 어울릴 수 있는 기회가 적었다.

그래서 성인이 되기 전까지 내 이성관에 가장 지대한 영향을 끼친 사람은 가족 중 유일한 여자인 우리 엄마였다. 참으로 안타까운 일이다. 왜냐하면 우리 엄마 역시 사남매 중에 둘째, 집에서 유일한 딸이었다. 남자 형제들 사이에 둘러싸여 자란 것이 나와 같았다. 또 이십대 초반에 제대로 된 연애 한번 못 해보고 당시 노총각이었던 아빠와 순식간에 결혼해버렸다.

그런 엄마에게 오랜 기간 나는 이것저것 코치를 받아왔던 셈이다. 사실 엄마의 경험이라고는 아빠를 제외하면 주변에서 일어나는 이성 간의 극단적인 상황이나 드라마 속 연애가 다였던 것을, 어린 내가 어떻게 알았겠는가. 엄마 말이 진리일 수밖에.

이런 엄마가 나에게 이성 관계에 있어서 어렸을 때부터 세뇌하듯 강조했던 게 있다. 핵심은 남자에게는 다 보여줘서는 안 된다는 것. 남자는 자고로 단순하여 좋아하는 마음을 먼저 드러내거나 만나는 중에도 다 해주면 흥미를 잃고 곧 떠나간다고 했다. 그러니 당연히 결혼할 것이 아니라면 섹스도 안 된다고 했다. 혼전 섹스는 무조건 여자 쪽이 손해라고, 쉽게 해버리고 나면 상대는 금방 도 망가버릴 것이라고 엄마는 으름장 아닌 으름장을 놓았다.

이런 세뇌 때문이었는지, 아니면 내 기질이 원래 소 심한 쪽인 건지, 나는 서른이 다 되어서까지 딱 섹스만을 뺀 연애를 했다. 그 시절 사귀었던 사람들도 나에게 그 이 상을 강요하지 않았다. 모두 짧게 만나고 끝나버린 연애도 아니었는데 지금 생각해보면 내가 내면에서부터 단호한 철벽을 쳤기 때문이었나 보다. 또 그들은 다 이해심이 많 은 사람들이었는지, 적어도 어떤 이들처럼 스스로의 욕정 에 못 이겨 위력 같은 것을 행사하지 않았다.

연애 중에도 이러했으니, 그 시작은 또 얼마나 소심했 겠는가. 나는 상대를 좋아하는 마음이 생겨도 절대 먼저 고백하지 못했다. 원래 가까운 사람에게는 내 감정과 생각 을 숨기지 않고 모조리 다 드러냄에도 불구하고, 좋아하 는 이성에게 만큼은 그 마음을 꽁꽁 숨겼다.

이랬던 내가 상대에게 제대로 감정을 드러냈던 적이 딱 한 번 있었다. 그것도 사실 정확히 고백했다고 말하기는 힘들다. 혼자서만 한참 좋아하다 혼자 마음을 정리한 후 "내가 오빠를 좋아했었어요"라는 내용의 메일 한 통을 보냈다. 받은 사람은 얼마나 황당했을까. 지금 좋다는 것도 아니고, '좋아했었다'라니.

이후 군대를 간 그 오빠는 몇 년 뒤 자신의 제대를 알리는 전화를 해왔다. 더 우스운 것은 그런 전화를 받고 나서도 나는 그 의도를 깨닫지 못하고 이렇게 생각했다는 것이다. '전에 한 얘기인데, 이제 와서 뭘 또 어쩌겠어.'

결국 나는 당당하게 내가 먼저 고백해서 만나는 그런 능동적인 연애를 단 한 번도 해보지 못했다. 늘 상대가 먼저 마음을 표현하면 그냥 받아들이는 수동적 연애만을 해왔다. 생각해보면 상대가 어떤 답을 내놓을지 모르는 상태에서 자신의 마음을 고백한다는 것은 큰 용기가 필요한 일이다. 그런 어려운 일을 난 혼자 이것저것 핑계만 대면서 늘 상대에게 미루기만 했었다.

만약 지금의 내가 다시 그 시절로 돌아간다면 이제 이렇게 말해볼 거다.

"나 너 좋아하는데, 우리 사귈래?"

근데 이제 와서 참 부질없다.

다시 만나줘

남자친구는 그렇게 쉽게 생기는 것이 아니었다. 물론 그 전에 아스카가 있기는 했지만, 그것은 어쩐지 제대로 된 연애라고 생각되지 않았다. 스물한 살이 다 지나고 나서야 나는 사실상 첫 남자친구가 생겼다. 이 얘기를 들으면 너무 늦은 거 아니냐고 코웃음을 치는 사람들도 있을지 모르겠다.

　　그는 태어나서 처음으로 카페 아르바이트라는 것을 하다가 만나게 되었다. 당시 동아리 활동 때문에 안암동에 있는 모 대학을 수시로 오가게 되었는데 어느 날 회의 장소로 자주 가던 카페에서 아르바이트생 모집 공고를 보게 되었다. 그 카페는 사실 일반적인 카페는 아니었다. 사람들에게 뭔가 호기심을 불러일으키는 장소였다. 당시 주로 대학가 앞에 같은 이름으로 여러 곳이 생기기 시작했는데 일정한 시간 동안 공간을 빌려주는 새로운 개념의 카페였다. 그래서 요금도 인당, 시간당으로 계산해 받았다. 있는 동안 여러 종류의 음료들은 공짜, 조금 더 돈을 내면 토스트, 빙수 같은 간식이나 돈가스, 볶음밥 같은 식사도 사 먹을 수 있었다.

그리고 결정적으로 그 카페 하면 떠오르는 이미지들이 있었다. 남자 아르바이트생 유니폼은 그나마 하얀 셔츠에 회색 바지로 무난했는데 여자 아르바이트생 유니폼이 무척 특이했다. 하얀 블라우스 위에 무슨 캔디 만화에서나 나올 것 같은 치마폭이 풍성한, 발목까지 오는 빨간 체크무늬 원피스를 입어야 했다. 그 유니폼 때문이라도 당시 그 카페는 인상적일 수밖에 없었다. 또 지점마다 애완견이 꼭 한 마리 이상 있었다. 여러모로 특이했다.

나는 그래서 결국 호기심과 궁금증 때문에 충동적으로 아르바이트 공고에 지원했고 합격했다. 일을 하는 동안

용돈도 벌 수 있었지만 무엇보다 뭔가를 처음으로 배우고 경험해볼 수 있어서 즐거웠다. 생전 처음 보는 손님에게 말을 건네고, 음료수나 간식 같은 것들도 처음으로 만들어보고, 서빙도 했다. 또 우리 지점의 마스코트였던 '민지'라는 큰 시베리안 허스키를 산책시키는 일도 했다. 물론 매번 질질 끌려다니느라 내가 민지를 산책시키는지 민지가 나를 산책시키는지 알 수 없었지만.

여하튼 사실상 첫 남자친구도 그곳에서 만난 것이다. 그는 안암동 그 학교의 학생이었고 나보다 한 학번 아래였다. 처음 같이 일하게 되었을 때는 나보다 어리다 하니 그냥 남동생으로만 보였다. 그런데 일주일에 몇 번씩 보면서 함께 일하니 금방 친해졌다. 또 다른 아르바이트생들도 모두 또래여서 일하지 않는 시간에도 함께 자주 어울렸다. 그러다가 어느 날 보니 그 아이가 내 남자친구가 되어 있었다.

일할 때도 함께했고 일하지 않을 때도 함께했으니 일종의 사내 연애를 한 셈이다. 생각해보니 유군과의 연애 과정과 아주 유사했다. 딱히 비교해본 적은 없었는데, 난 거의 이런 식이었던 건가.

　　그 '사실상' 첫 연애는 매일 매번이 신기할 수밖에 없었다. 키스를 빼놓고는 모든 것들이 거의 다 처음이었다. 그래서 아주 미숙했던 시절이기도 했다. 이전에 이성을 '사귄' 경험이 없으니 상대에게 단순히 감정을 표현하는 것에도 갖가지 추측과 지레짐작, 편견이 끼어들었다. 그래서 급기야 그 연애가 끝나버렸을 때도 나는 아주 말도 안 되는 이별 방식을 택하고 말았다.

　　전화 통화로 헤어지기로 한 후 이튿날이었던가. 나는 그 친구와 주고받았던 편지들부터 선물, 하다못해 내가 목도리를 떠주고 남은 털실까지 모조리 싹싹 긁어서 집어 던지듯 몽땅 가져다 줘버렸다. 사실 당사자에게 직접도 아니었다. 그 친구와 함께 살고 있던 사람에게 대신 전해줬다. 그걸 전해 받은 그 친구는 그날 밤 펑펑 울면서 나에게 전화를 했다. 나는 처음에는 그 전화를 받지 않다가 결국 받아서는 그에게 아주 매몰찬 말들만 쏙쏙 골라서 해주었다. 지금 생각해보면 그건 일종의 행패였다. 그런 식으로 상대에게 내 자존심을 지키고자 했다.

이후 한동안 이어진 나의 다른 연애들에서도 그놈의 자존심이 문제였다. 나는 상대를 아끼고 사랑하는 것에 집중하기보다는 끝에는 손해 보지 않고 이기려고만 했었다. 그래서 대부분이 다 1년이 넘어가는 긴 교제들이었음에도 불구하고 그 끝이 지나치게 깔끔했다. 내가 매달리고 질척거리는 그런 연애가 없었다. 그러면 지는 거라고 생각했다.

물론 미련을 보이던 상대들도 있었지만 나는 헤어지면 전화를 몇 십 통을 해오든 뭘 하든 다시는 연락을 받지도 만나지도 않았다. 사실은 어떤 상황에서는 그게 나 자신에게 더 큰 상처와 후회를 남기고 있었던 것을 모르고 말이다. 그러한 진실은 이후 나이를 좀 더 먹고 나서, 내가 진짜 다시 매달리고 싶은, 정말 다시 번복하고 싶은 이별의 상황을 맞이하고 나서야 깨닫게 되었다.

그런데 막상 또 그런 상황에서도, 내 마음이 찢어지는 것 같이 괴로워도 결국에는 단 한 번도 상대에게 매달리지 못했다. 비록 혼자서 울고불고하고 가까운 지인들에게 울분을 토할지언정 말이다. 다시 되돌려놓고 싶다는 생각에 아무것도 할 수 없었을 때에도 결국에는 꾹 참아냈다.

그래서 어떤 누구에게도 끝내 이 말을 해본 적이 없다. 정말 하고 싶었던 순간에 참지 않고 이 말을 했더라면 어땠을까? 나는 좀 다른 방향의, 다른 깊이의 사랑을 해볼 수 있지 않았을까?

"나 다시 만나주면 안 돼? 다시 만나줘."

우리 헤어진 거야?

모든 시작에는 끝이 있기 마련이다. 그 끝이 언제가 될지 대부분 알 수가 없어 문제지만. 사실 나는 지금까지 내 나이에 비례하여 적지도 많지도 않은 연애를 했던 것 같은데 대부분 끝이 매우 무난했다. 당시에는 매번 힘들었지만 지나고 나서 돌이켜보면 다 이해가 되었다. 하지만 아직까지도 마음에 찝찝함이 남은 연애의 끝이 하나 있다. 그것이 찝찝한 이유는 명확한 끝이 아니었기 때문이다. 나도 그도 서로에게 이제 그만이라는 말을 하지 않았다. 누구하나 자기 손에는 피를 묻히려 하지 않던 그런 끝이었다.

그를 처음 만난 것은 미국 여행에서였다. 당시 내 친

구와 나는 미국에 살고 있던 친구 언니와 셋이 뉴욕 여행을 했다. 그 여행이 끝난 후 언니가 살고 있던 워싱턴 D.C.쪽으로 넘어갔을 때 언니 지인이었던 그를 처음 보게 되었다. 다 같이 근교로 놀러 가서 밥도 먹고 주변 구경도 하고, 어둑해지고 나서는 바에 들어가 이야기를 나눴다. 그날 나는 그에게 이성으로서 호감을 느꼈다.

이후 내 친구는 먼저 한국으로 돌아가고 나는 그 친구 언니 집에서 얼마간 신세를 지면서 혼자 주변 관광을 했다. 사실 그사이 그를 한 번 더 볼 수 있지 않을까 기대를 하기도 했다. 처음 만났던 날 내가 며칠 혼자 다닐 거라고 하자 그가 먼저 자기가 관광을 시켜주면 어떻겠냐는 이야기를 했기 때문이다. 하지만 그는 내가 한국으로 떠날 때까지 다시 연락하지 않았다.

나중에 알고 보니 내가 그 제안에 뜨뜻미지근한 태도를 보여서 그는 그것을 거절의 의사로 받아들였다고 했다. 사실 그때 관광을 시켜준다는 그의 제안에 나는 설레기도 했지만 뭔가 큰 신세를 지는 것 같아 어떻게 해야 할지 몰랐던 것뿐이었다. 생각해보니 그때부터 우리는 소통이 잘되지 않았다.

그러다 1년 정도 지난 후 우리는 다시 보게 되었다. 그가 한국으로 여행을 오면서 내 친구네 집에서 신세를 지게 되어 친구와 나와 그는 자연스럽게 다시 만나게 되었다. 한국에 있는 좋은 곳들에 가서 밥도 먹고 이야기도 나누고, 셋이 근교로 여행도 갔다. 그러면서 나는 그에게 1년 전보다 훨씬 더 큰 호감을 느꼈다.

하지만 역시나 나답게 그때도 직접적인 표현은 하지 못했다. 대신 만날 때마다 내가 할 수 있는 만큼 최대한으로 마음을 드러내기 위해 노력했다. 매 순간 전보다 더 친근하게 굴었고 주저하지 않고 잘해줬다. 나에게는 그 정도도 처음이었다. 그런 내 마음이 전달된 것인지 이후 그는 나에게 따로 만나자는 연락을 해왔다. 그때부터 본격적인 데이트가 시작되었다.

그는 미국으로 다시 되돌아가는 날짜도 뒤로 미룬 채 거의 매일 나와 만났다. 그러면서 나는 한국에 있는 그의 지인들과 가족들까지 만나게 되었고 우리는 한층 더 가까워졌다. 하지만 어느덧 그가 다시 집으로 돌아가야 하는 시간이 왔고 우리는 미래에 대해 약속한 후 헤어졌다. 그렇게 다시 만나 데이트를 한 시간을 따져보면 불과 한 달 정도였다. 아주 짧은 시간이었다.

이후는 소위 말하는 '롱디 연애'의 나날들이었다. 우리는 인터넷 화상 전화나 당시 유행이었던 미니 홈피, 국제전화 등으로 서로 연락했다. 뭔가 표현하고 주고 싶을 때는 국제우편으로 선물이나 손편지를 주고받았다. 상황은 아쉬웠지만 그렇게 떨어져 있어도 그에 대한 나의 마음의 크기는 전혀 줄지 않았다. 언젠가 다시 만날 때에는 그와 떨어지지 않고 오래오래 같이 있을 것 같았다. 그렇게 몇 개월이 금방 지나갔다.

그런데 그사이 틈틈이 서로에 대해서 좀 더 알게 되다보니 우리 사이의 차이에 대해서도 조금씩 느끼기 시작했다. 물론 그건 어떤 연애에서든 마찬가지이고 그런 것들로 인해 갈등이 생기기 마련이지만 문제는 우리가 서로 떨어져 있었다는 사실이었다. 다툰 뒤 바로 만날 수 있는 상황이 아니었다.

몇 번의 다툼과 화해가 이어졌다. 그러다 어느 순간

부터 그에게 오던 연락이 점점 뜸해졌다. 너무 불안해진 나는 안타깝게도 그러한 상황에 성숙하게 대처하지 못했다. 나는 그에게 나를 찾아내라는 듯 연락할 수 있는 수단들을 하나둘씩 끊기 시작했다. 나를 정말 좋아한다면 다른 것들이 다 끊어져도 나에게 전화를 하겠지. 그리고 매달리겠지. 불안한 마음에 그의 마음을 그렇게 시험해보았다. 하지만 지금 생각해보니 그는 그러한 나의 의도를 알 길이 없었다. 그냥 '얘는 알고 보니 참을성도 없고 연락도 쉽게 끊는 구나', 그렇게 보였을 수 있었다.

하지만 그때는 이성적으로 따져볼 여유가 없었다. 이전의 연애와는 좀 달랐던, 아주 커다란 애정의 마음에 비례하여 더 큰 답답함, 불안함이 뒤섞였다. 내 마음은 점점 더 주체할 수 없는 상태가 되었다. 그런데 이것을 당장 표현할 방법이 없으니 하루하루가 지옥 같았다. 나는 그저 휴대전화만 바라보며 하염없이 그의 연락을 기다렸다.

그 상태 그대로 한 달여의 시간을 보낸 후였다. 나는 그와의 마지막 통화를 아직도 똑똑히 기억한다. 그렇게 힘들어도 먼저 전화 한 통 하지 못했던 내가 어느 날 갑자기,

회사에서 집으로 돌아오는 길에 뭐에 홀린 듯 그에게 전화를 걸었다.

"나야. 뭐 해?"

"응, 나 친구랑 저녁 먹고 있어."

정말 한참만의 통화였는데 시작이 그러했다. 나는 그의 말에 이렇게 물었다.

"친구? 무슨 친구?"

예상치 못했던 질문이었는지 그는 당황한 듯했다. 그리고 이렇게 대답했다.

"아, 그냥 아는 친구."

나는 그의 그러한 대답에 이렇게 말했다.

"오빠, 나 오빠 여자친구야. 여자친구라고."

그런 나의 뜬금없는 말에 그는 아무런 대답도 하지 않았다. 그리고 나는 바로 전화를 끊었다. 이후 우리는 다시는 연락하지 않았다.

그리 길지도 않았던 그 연애 기간 동안 소심해서 따지는 것도 많았던 이전과는 달리 나는 마음을 몽땅 다 줘버린 모양이었다. 그것을 다시 되찾아오느라 꽤 오랜 시간이 걸렸다. 나는 그가 너무나도 궁금했지만 그 통화 이후 도무지 먼저 연락할 수 없었다. 그래서 우리는 이렇게 끝나버린 것인지 아니면 아직 끝나지 않은 것인지 확실하게 알 수가 없었다. 그러니 오래 미련이 남았다.

하지만 시간이 훨씬 더 흐른 지금에서야 알겠다. 사실 나는 그와의 마지막 통화에서 이렇게 말했어야 했다. 그렇게 그에게 끝까지 미루지 말고 내가 먼저 말을 꺼냈어야 했다. 하지만 그때는 혹시나 그가 정말 그렇다고 할까 봐 너무 무서웠던 모양이다.

"우리 헤어진 거야?"

―
나는 상대를 아끼고 사랑하는 것에 집중하기보다는
끝에는 손해 보지 않고 이기려고만 했다.
물론 미련을 보이던 상대들도 있었지만 나는 헤어지면
전화를 몇 십 통을 해오든 뭘 하든 다시는 연락을
받지도 만나지도 않았다.
사실은 그게 나 자신에게 더 큰 상처와
후회를 남기고 있었던 것을 모르고 말이다.

네 컵은 네가 씻어

어렸을 때부터 쭉 엄마가 싫어하던 여러 상황들이 있었다. 가지고 놀던 장난감이나 보던 책을 집 안 곳곳에 널브러트려놓는다든지, 수건을 쓰고 그냥 문고리나 의자에 걸어둔다든지, 엄마 표현을 그대로 빌리자면 허물 벗어놓듯 옷을 벗은 모양 그대로 바닥에 놓아둔다든지 하는 것들 말이다.

그런데 놀랍게도 나는 그런 모습들을 유군과 결혼해 함께 살면서 다시 목격하게 되었다. 하지만 난 이제 더이상 엄마와 사는 것이 아니었다. 대신 치워주는 사람이 아무도 없었다. 유군 아니면 내가 치워야 했다.

그러나 우리는 되도록 서로에게 이래라저래라 하지 않았다. 나는 내 나름대로 마치 저울의 영점을 계속 맞추듯 한쪽으로 기울어지지 않으려고 노력했다. 지나친 의지도 간섭도 하고 싶지 않았다. 그래서 그런 모습들을 보고도 유군에게 어떤 말도 하지 않았다. '까짓것, 보기 싫으면 내가 치우면 되지. 그리고 제 버릇 개 못 준다고 나도 그러고 있을 거야. 그럼 유군이 치웠겠지.' 그런 마음으로 모든 것들을 넘겼다.

그런데 그럼에도 불구하고 단 한 가지, 눈에 너무 거슬리고 심지어 어느 날에는 마음 깊은 곳에서부터 화가 스멀스멀 올라오게 만드는 것이 있었다. 그것은 바로 '컵'이었다.

우리는 분명 단둘이 살고 있는데 늘 밖에 나와 있는 컵은 적어도 다섯 개, 그것도 한 군데서가 아니라 식탁, 책상 등 집 안 곳곳에서 컵이 목격되었다. 그것들이 눈에 들어오면서 나는 잠시 잊고 있었던 기억이 떠올랐다. 이 역시 엄마가 너무나 싫어했던 상황 중 하나였다.

"얘들아, 좀 제발, 컵 하나씩만 써라. 이거 아주, 죄다 밖으로 나와 있네."

엄마의 그 말에 나는 '별거 아닌 것 같은데 왜 저렇게 화를 내시지?'라고 생각했었다. 그렇게 무심했다. 지금 생각해보면 우리 가족은 엄마를 제외해도 아빠, 그리고 애가 셋, 총 네 명이었다. 한 사람이 컵을 두 개씩만 써도 여덟 개였다. 컵만 여덟 개라니. 당시 설거지는 늘 엄마 혼자 했던 것 같은데.

그래도 어쨌든 나는 처음에는 집 안 곳곳에서 목격되는 그 컵들이 눈에 거슬려도 그냥 모른 척 넘어갔다. 별것도 아닌데 유군에게 잔소리하는 것 같아서였다.

그런데 바로 설거지를 마친 직후가 문제였다. 그때는 좀 견디기가 힘들었다. 기분 좋게 싱크대에 남은 물기를 닦아내고, 손에서 고무장갑도 빼서 걸어놓고, 마지막으로 앞치마까지 벗은 후에 가뿐한 마음으로 뒤로 딱 돌아봤을 때, 식탁 위에 남아 있는 컵들을 보게 되면 정말 맥이 탁 풀리고 한숨이 절로 나왔다. 끝날 때까지 끝난 것이 아니었다.

그런 상황이 계속되자 결국 난 더 이상 참지 못하고

유군에게 말을 꺼냈다.

"이상해. 우리 분명히 둘만 사는데 컵이 엄청 많이 나와 있어. 우리 집에 컵 귀신이 사나 봐."

나 나름대로는 잔소리로 들릴까 봐 애써서 돌리고 돌려 말한 것인데, 유군은 그저 농담으로 알아들은 모양이었다. 내 말에 씨익 웃기만 할 뿐 이후 상황은 전혀 달라지지 않았다.

그런데 신기하게도 이런 경험은 나만 한 것이 아니었다. 이후 주변 사람들에게 이 비슷한 이야기를 종종 듣게 되었다.

식구들을 다 챙기고 그들이 자는 늦은 시간에 틈틈이 책을 쓰는 한 언니는, 작업을 하다 졸음을 쫓기 위해 차 한잔 마시려고 거실로 나왔다가 크나큰 분노가 치밀어 올랐다고 한다. 바로 싱크대에서 남편이 생강차를 타 먹고 티스푼까지 쏙 꽂아서 그대로 넣어둔 머그잔을 발견한 것이다.

또 아이 둘을 키우는 한 친구는 컨디션이 좋지 않아 밥을 시켜 먹은 날에도 결국 밤에 보면 컵이 잔뜩 쌓여 있더라고 했다. 자지도 못하고 그것들을 설거지하다 육체적, 정신적으로 너무 힘들었다고 했다.

이쯤 되니 난 궁금해졌다. 남아 있는 컵들은 왜 이리도 우리를 불쾌하게 만들까.

곰곰이 생각해보니 나의 경우에는 그랬다. 분명 주어진 일을 열심히 했고, 이제 드디어 퇴근이라고 생각했는데 전혀 예고도 없었던 시간 외 근무가 남아 있는 것을 알게 된 느낌이랄까. 또 자기가 쓴 컵을 당장 씻기 귀찮아서 그냥 두거나 새 컵을 꺼내 쓴 것일 테니 결국 누군가에게 그 뒤처리를 미룬 것이 아닌가. 미룬 대상이 누가 봐도 나인 것 같기 때문에 억울하기도 하고 화가 난 것이다. 그것도 내가 좋아하는 사람이 나에게 자기가 하기 싫은 일을 미뤘다고 생각하면 절대 기분 좋을 수 없다.

그래서 우리는 이제 더 마음이 상하기 전에, 별생각 없이 설거지할 컵들을 계속 만들어대는 그들에게 빨리 이 말을 해야만 한다. 물론 말을 한다고 뭐가 달라진다는 보장은 없지만, 속이라도 시원할 테니까.

"네가 쓴 컵은 네가 씻어."

아직 배 안 고파요

자기가 겪지 않은 일에 대해 완벽히 공감하기란 어렵다. 나는 결혼 전에도 주변 사람들에게 결혼 생활에 대한 이야기를 들을 기회가 많았다. 그런데 그때마다 뭘 좀 알 것 같기도 하고 전혀 모를 것 같기도 했다. 특히 여자 지인들이 시댁에 관한 이야기를 할 때는 뭔가 상황이 이상한 것 같은데 왜 그런 상황들이 생기는 건지 납득하기 어려웠다.

그런데 내가 막상 결혼을 하고 상황을 겪어보니 그제야 그들이 했던 말들이 무슨 말이었는지 알겠다. 물론 각각 주어진 조건들은 다 달랐다. 하지만 공통점이 있었다. 분명 한 사람과 만나서 결혼을 한 것인데 그 결과로 갑자기 모르는 여러 사람과 한꺼번에 관계를 맺어야 했다. 한 명씩 차근차근 만나서 서로 알아가도 쉽지 않은데 순식간에 여러 사람을, 그것도 자기의 의지와는 상관없이 만나서 되도록 잘 지내보려고 한다는 것은 정말 쉽지 않다.

전혀 모르던 사람들과 갑자기 하루아침에 같은 공간에서 밥을 먹고 이야기를 나누고 잠을 자고, 이튿날 아침에 눈뜨자마자 바로 보고, 처음에는 서로가 어색할 수밖에 없는 상황이다. 그렇게 어색하고 불편한데 상대에게 뭔가를 요구하기가 쉽겠는가. 심지어 상대가 나보다 윗사람인 경우 아랫사람의 입장에서는 조심스러울 수밖에 없다.

나보다 한참 먼저 결혼을 한 친구가 임신 초기에 시댁에 갔을 때의 일이다. 당시 거기에 있는 것도 어색하기 짝이 없는 상태인데 임신을 해서인지 식사 시간에 주어진 밥을 다 먹어도 배가 부르지 않았다고 한다. 그런데 시어머니가 밥도 딱 먹을 만큼만 해두어서 더 먹고 싶어도 먹을 밥이 없었다. 그러다 마침 다 같이 주변 시장을 구경하러 가게 되어서 그럼 주전부리라도 사 먹어야지 마음먹었는데, "뭐 좀 사 먹을까?" 하는 다른 식구들의 말에 시어머니가 방금 밥 먹어놓고 뭘 또 사 먹느냐고 말해 결국 입도 벙긋 못했다고 한다. 그러고 나서 밤에 잠을 자려고 누웠는데 배가 고파서 잠도 잘 안 오고, 이렇게 배고픈데 배속의 아이는 괜찮을까 싶고, 이래저래 그렇게 서러울 수가 없었다고 한다.

나는 그때 결혼 전이라 그 이야기를 들었을 때 잘 이해되지 않았다. 그래도 임신한 사람인데 주변 사람들이 너무 배려가 없었던 것 아닌가 하는 생각과 동시에, 그런데 도대체 내 친구는 왜 그때 당당히 배가 고프다고 얘기하지 못했는지 알 수가 없었다. 하지만 나도 나중에 겪어보니 그렇게 불편한 상황에서 자신의 의사를 확실히 표현하기는 쉽지 않은 일이었다.

하지만 결혼한 여자들이 이런 얘기를 하면, 매일 그러는 것도 아니고 1년에 몇 번, 며칠, 그거 하나 못 참고 못 견디느냐고 말하는 사람들이 있다. 물론 그것도 틀린 얘기는 아니다. 하지만 한 쌍의 남녀가 결혼을 해서 평생 헤어지지 않고 쭉 같이 지낸다고 가정하면, 그 긴 세월 동안 몇 번은 몇 번이 아닌 것이다. 1년의 그 몇 번의 괴로움을 참고 참아 쌓이면 서로 좋은 관계가 될 수 있을까?

　나의 경우 시댁의 문화는 처음부터 뭔가를 강요하는 분위기가 아니었다. 농사를 짓는 시부모님은 찾아뵈어도 늘 바쁜 하루를 보내고 있었고, 나는 매 끼니를 차리는 것을 돕고 설거지를 하는 정도의 일을 했다. 처음에는 그것도 안 해보던 것이라 쉽지 않았다. 한꺼번에 그렇게 여러 사람의 밥을 차리고 그만큼의 설거지를 해본 적은 처음이었다. 그래서 어느 정도 적응되기 전까지 우선 몸이 힘들었다. 집으로 돌아갈 때쯤이면 손가락 마디마디가 쑤시고 허리가 아파왔다. 결혼 전에 엄마에게 모든 집안일들을 미룬 것을 이런 식으로 갚는 건가 하는 생각도 들었다.

　하지만 그렇게 몸이 힘들었을 뿐, 마음까지 힘들지는 않았다. 시부모님 역시 내가 집안일을 할 때 계속 뭔가를 하고 있었고 심지어 남편도 농사일을 도왔다. 시댁에 가면 각자 일을 하느라 서로 얼굴 보기도 힘들었다. 적어도 여자들은 뭔가 일을 하는데 남자들은 거실에 앉아 커피나 마시는 그런 상황은 아니었다. 그래서 나도 뭔가를 하는 게 차라리 마음이 편했다.

그럼에도 불구하고 나 역시 시댁에서 심적으로도 흔들리는 상황들이 생기기 시작했다. 바로 잘 때와 먹을 때였다.

평소에는 할머님과 시부모님 세 분만 사시다보니, 방 개수가 적어 시부모님들과 나란히 누워 자는 경우가 생겼다. 문제는 우리는 자는 시간과 깨는 시간이 서로 전혀 달랐다. 시부모님은 농사일을 하다보니 밤 8시면 자고 새벽 4~5시면 일어났는데, 나는 평소 자정이 되어야 자고 아침 7시가 넘어야 일어났다. 서로 전혀 달랐다. 내가 평소 자지 않는 시간에 누우니 당연히 잠이 오지 않았고, 간신히 잠들었다 싶으면 시부모님이 일어나 움직이기 시작하니, 나는 거의 잠을 자지 못한 채 다시 하루를 시작했다.

먹는 것도 마찬가지였다. 음식이 뭐가 맞고 안 맞고 하는 문제는 전혀 아니었다. 문제는 먹는 때였다. 시부모님이 그리 일찍 일어나시니 하루 세 끼는 '오전 6시, 오전 11시, 오후 5시' 이런 식으로 진행되었다. 그래서 사실 나는 평소에는 자고 있을 시간에 일어나 식사 준비를 하고, 먹지 않는 시간에 먹어야 했으며, 배가 고프지 않을 때도 먹기 위해 준비를 하고 또 먹어야 했다.

　이렇게 먹고 자는 아주 기본적인 것들부터 충족되지
못하니 시댁에 있는 시간이 평소보다 좀 길어지면 몸도 몸
이지만 마음이 점점 힘들어졌다. 무엇이든 내 의지와는 상
관없는 조건과 상황 속에 오래 있으려면 아주 큰 인내심
이 필요했다. 그래서 시댁 가기 며칠 전부터는 체력도 정신
도 좀 만들어놓아야겠다는 비장한 생각까지 들었다.

　그런데 내가 아무리 미리 준비하고 간다 하더라도 그
날그날의 컨디션이라는 것이 있었다. 컨디션이 좋지 않을
때는 시댁에 있다 집으로 돌아오는 길에 몸과 마음이 너
덜너덜해졌다는 느낌마저 받았다. 더구나 아이를 잃고 난
후 심적으로 정리가 덜 된 시점에서는 상황이 크게 달라
진 것이 없는데도 견디기가 더 힘들었다. 아마도 내가 여
유가 없어져서 그런 모양이었다.

　그렇게 꾹꾹 버텨내던 시댁에서의 어느 날, 어머님께
서 아침 먹고 정리한 후 얼마 되지 않아서 바로 다시 점심
얘기를 꺼내기에 나도 모르게 소리치고 말았다. 내가 이
말을 내뱉었을 때 그 누구보다도 나 자신이 스스로에게

너무 놀랐다.

"저는 아직 배 안 고파요."

그만 좀 싸주세요

결혼 전, 서른세 살 중반까지 나는 가족들과 쭉 한집에 살면서 엄마 밥을 먹고 지냈다. 그래서인지 지금도 일찍 독립해서 사는 친구들을 보면 막연한 존경심이 든다. 혼자서 어떤 한 공간을 온전히 책임지면서 먹고사는 문제까지 해결한다는 것은 정말 대단한 일이다. 나는 30년 넘게 부모님이 의식주의 대부분을 챙겨줘도 사는 게 힘들다 어쩐다 징징댔다. 그러니 그들은 나보다 훨씬 더 어른처럼 느껴졌다.

그런데 결혼을 하게 되자 나도 처음으로 가족들을 떠나 생판 남이었던 한 남자와 한 공간을 나눠 쓰며 같이 살게 되었다. 학교 다닐 때에도 하숙 한 번 해본 적이 없던 나는 그날이 점점 다가올수록 불안해졌다. 특히 이유식에서부터 당신이 직접 하나하나 다 만들어 먹었다며 큰 자부심을 보이는 엄마의 영향이었는지, 나는 무엇보다도 끼니가 가장 걱정되었다. 내가 엄마처럼 챙겨 먹으며 살 수 있을까 싶었다.

그런 고민을 하자 엄마는 자기 주변 사람들이 요새 구민회관에서 요리를 배우더라는 말을 툭 던졌다. 원래 호기심이 많아서 뭔가 새로운 것을 접하고 배우는 것을 좋아하고, 더구나 전문가를 매우 신뢰하는 나는 바로 요리를 배우기로 결심했다. 알아보니 수강료도 크게 부담이 없었고 무엇보다 집에서 가까웠다.

수업 첫날, 떨리는 마음을 안고 가보니 그곳에는 생각보다 다양한 연령대의 사람들이 모여 있었다. 나같이 혼자 뭐든 해서 먹고살아야 해서 다급한 마음에 온 사람, 단순히 취미로 온 사람, 자격증을 생각하고 온 사람도 있었다. 여하튼 그렇게 처음 보는 사람들과 함께 한 번에 세 가지 정도의 요리들을 같이 해보고 나눠 먹는 시간을 가졌다. 그때는 봄이었는데 주로 제철 재료를 사용했던지라 도다리쑥국, 유채무침 같은 생전 처음 보는 음식도 만들어 보았다. 선생님이 시키는 대로 하나하나 하다보니 이게 생각보다 훨씬 재미있었다. 이것저것 재료들을 손질해 순서대로 알맞게 넣어서 조리하면 '짠!' 하고 새로운 것이 만들어지는 그 자체가 신기했다.

예상하지 못했던 결과였다. 나는 그렇게 요리에 잔뜩 흥미를 느낀 상태에서 결혼을 했다. 그리고 드디어 먹는 문제를 스스로 해결해나갔다.

당시 유군과 나는 둘 다 일을 하고 있어서 주로 아침과 저녁을 함께 먹게 되었다. 처음에는 저녁 하나 하는 데 두 시간은 걸렸다. 재료도 어느 정도 사놓아야 할지 감이 안 잡혔고 결국 상해서 버리기 일쑤였다. 하지만 그렇게 시행착오를 거치면서도 재미가 있었다. 나는 포기하지 않았다. 계속 시도하다보니 점점 감도 요령도 생겼다. 그렇게 조금씩 안정된 상태로 접어들었다.

그런데 그때, 의외의 복병들이 나타났다. 바로 양가의 두 어머니였다. 일단 두 분 다 그때 나의 의지와 상태를 알리가 없었다. 나와 함께 살고 있지 않았으니 말이다. 무엇보다 두 분은 딸 혹은 며느리가 많이 못 미더웠던 모양이다. 뭘 제대로 해 먹고 살기는 하는 건지 걱정이 되었나 보았다.

그런 애정을 기반으로 한 불안감을 참지 못한 두 분은 우리가 갈 때마다 뭔가를 잔뜩 싸주었다. 농사를 짓는 시어머니는 주로 요리 재료들을, 요리에 자부심이 있는 우리 엄마는 온갖 반찬과 음식을 직접 만들어 싸주었다. 그래서 초반에는 양쪽 집을 들렀다 오면 차 트렁크가 꽉 찰 정도였다.

이러한 어머님들의 일종의 애정 표현은 우리만의 상황은 아니었던 모양이다. 부모님이 뭔가를 싸주면 휴게소 쓰레기통에 그렇게들 많이 버리고 가서 그 앞에 결국 CCTV가 설치되었다는 뉴스가 들려왔다. 쓰레기 무단 투기라는 것이다. 안타까운 일이었다.

하지만 나는 간도 콩알만 하고 마음도 약해서 어머니들이 싸준 것을 버릴 용기가 없었다. 그래서 일단 들고 오면 냉동실과 냉장실에 쟁여두었는데 그것들이 이미 들어가 있던 것들과 뒤섞여 순식간에 냉장고 안이 엉망진창이 되어버렸다.

그러니 방법은 하나였다. 빨리 먹어치우는 수밖에. 하지만 우리는 달랑 둘이 살고 있었다. 둘 다 먹는 양이 많은 편도 아니다. 매번 열심히 먹어도 줄지를 않았다.

또 받아온 재료들도 해결해야 했기 때문에 계속 새로운 음식을 만들 수밖에 없었다. 그렇게 해 먹다보면 엄마가 싸준 완성품들은 여전히 줄지 않으니, 뭔가 개미지옥에 빠진 느낌이었다. 이럴 땐 사실 여럿이 나눠 먹으면 좋은데 나는 유군 회사 때문에 전혀 연고도 없는 지역에서 살게 되었던지라 주변에 아는 사람 하나 없었다.

이러다보니 나에게는 기쁘고 감사한 마음 대신 점점 원망의 마음이 생겨났다. 매번 싸주시는 것들을 뭔가 처리해야 할 숙제처럼 받아 들게 되었고 그런 상황들이 자꾸 나의 완전한 독립에 대한 꿈과 의지를 꺾는 것만 같았다. 나도 누군가의 도움 없이 혼자 해내고 싶은데, 내 생활을 스스로 꾸려보고 싶은데, 아무도 나를 믿어주지 않았다.

그래도 나는 좀 더 버텨보았다. 최대한 좋게 생각하려고 했다. 챙겨주시는 거니까, 누군가는 부러워할 만한 상황이니까, 마음을 다잡아 보았다. 하지만 상황이 점점 더 심각해져 결국 내 냉장고에 무엇이 들어 있는지 내가 모르겠는 상황까지 이르자 결국 이 말을 꺼낼 수밖에는 없었다. 물론 이렇게 말하고 나서도 크게 달라진 것은 없었지만.

"그만 좀 싸주세요."

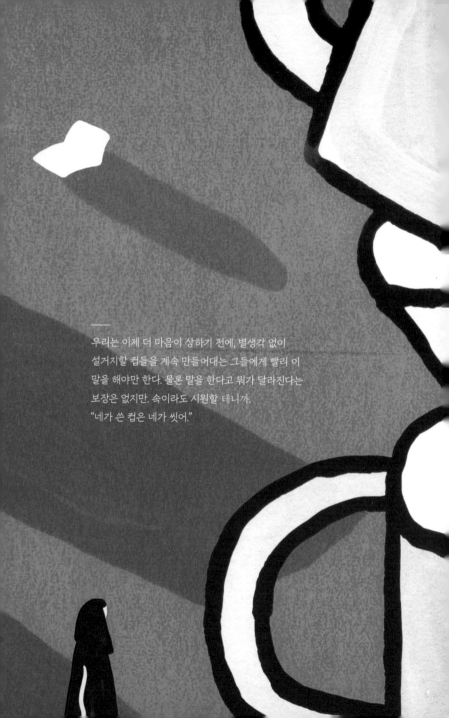

우리는 이제 더 마음이 상하기 전에, 별생각 없이
설거지할 컵들을 계속 만들어대는 그들에게 빨리 이
말을 해야만 한다. 물론 말을 한다고 뭐가 달라진다는
보장은 없지만. 속이라도 시원할 테니까.
"네가 쓴 컵은 네가 씻어."

너는 네 인생을 살아

여섯 살에서 일곱 살의 나에게는 좀 특별한 장소가 있다. 바로 장애인 복지관이다. 황달 후유증으로 인한 뇌성마비로 평생 장애를 가지게 된 오빠와 나의 나이 차이는 불과 한 살이다. 그래서 늘 함께 커갈 수밖에 없었고 오빠가 가는 복지관에 나도 함께 가야 했다. 그곳에서 처음으로 오빠와는 또 다른 신체적, 정신적 장애를 가진 사람들을 만났고 깨닫게 되었다. 사람은 모두 다 같지 않다는 것을.

그런데 초등학교 저학년 때부터 나는 오빠와 따로 학교에 다니기 시작했다. 분명 같은 집에 사는데 다니는 학교가 서로 다르다는 것에 대해 이상하다는 생각을 못했다. 이후에 엄마에게 이야기를 들어보니 그때 내가 혹시 놀림을 당할까 봐 일부러 그렇게 했다고 한다. 그 나이의 아이들은 너무 해맑아 종종 의도 없는 악한 행동을 하기도 하니 말이다. 이후 초등학교 고학년 3년, 중학교 2년 정도만 오빠와 같은 학교에 다녔다.

하지만 나는 오빠와 같은 학교에 다닐 때도 오빠가 부끄러웠던 적은 없었다. 그냥 내 상황이 남과 좀 다르다는 것을 아주 어렸을 때부터 자연스럽게 받아들였다. 그럴 수 있었던 것은 무엇보다도 부모님의 양육 방식 덕분이었다. 오빠는 많이 아팠고 그래서 운이 나쁘게 몸이 불편해진 것이지 이상한 것이 아니라는 말을 많이 들었다. 물론 학교에서든 길에서든 갑자기 오빠와 마주치게 되면 어김없이 주변의 따가운 시선이 느껴졌지만 그것 또한 익숙해졌다.

하지만 이랬던 나도 오빠 때문에 힘들었던 점은 있었다. 아주 꼬맹이 때부터 이런 말들을 계속 들어야 했다.

"엄마가 이렇게 고생하는데, 네가 잘해야지."

"네가 잘되어야 한다. 그래서 오빠도 도와줘야지."

하지만 그런 말들 중 나에게 가장 충격을 준 말은 이 것이었다.

"엄마 아빠보다 네가 오빠랑 더 오래 살 텐데 같이 잘 지내야지."

나는 이 말을 처음 들었을 때 일단 엄마 아빠가 나를 두고 먼저 죽는다는 생각에 너무 슬펐다. 그리고 뒤이어 바로 큰 부담감이 밀려왔다. 부모님이 그동안 오빠를 보살 폈듯 나도 그렇게 평생 오빠를 보살펴야 하나본데, 나는 자신이 없었다. 두려웠다.

또한 나는 소위 말하는 모범생으로 자라났다. 어른 들이 하지 말라고 하는 것은 거의 할 수가 없었다. 나는 그 래야 하는 아이였다. 그러지 않으면 안 되었다. 혹시 내가 삐뚤어지면 우리 부모님은 너무나 힘들어지니까. 아픈 아 들로 인한 상처를 내가 메우지는 못할망정 더 건드리지는 말아야 했다.

하지만 대학에 입학할 때부터였다. 나는 부모님의 기 대에 조금씩 못 미치기 시작했다. 세상은 그렇게 호락호락 한 곳이 아니었다. 그래서 나는 한동안 내 인생에 질질 끌려다녔다. 누구를 대신하고 책임지고 하는 부담감조차 느낄 겨를이 없었다. 대입도 그랬지만 취업도 순탄하게 흘러가지 않았다. 그러다 어느 날 나는 결혼을 하게 되었고 같이 살던 식구들 곁을 떠나게 되었다.

물론 결혼을 한다고 해서 가족들과 영영 헤어지는 것은 아니었지만 매일 볼 수는 없으니 전보다 거리가 생겼다. 그런데 그렇게 거리를 두니 전에는 보이지 않았던 우리 식구들 각자의 인생 하나하나가 보였다. 그리고 깨달았다. 내가 가장 신경 쓰지 못했던 것이 바로 내 동생의 인생이라는 것을.

나보다 다섯 살 어린 내 동생은 사실 나와는 좀 다르게 자라났다. 꽤 요란한 사춘기를 보냈고, 부모님과는 충돌하기 일쑤였다. 그래서 아직까지도 엄마는 나만 보면 다른 동생 걱정을 한다. 서른 살이 훌쩍 넘은 동생을, 또 이제는 자기 할 일도 찾아 자기 인생을 꾸려나가기 시작한 동생을 엄마는 아직도 아이 보듯 걱정한다. 못 미덥다는 것이다.

사실 나도 걱정이 안 됐던 것은 아니다. 중간에서 입

장도 곤란했다. 그래서 상담 때 송쌤에게 이런 우리 가족의 상황에 대해 말했다. 송쌤은 동생은 그저 지금처럼만 자란 것으로도 고마워해야 한다고 했다. 그렇게 자식 중한 명에게 큰 문제가 있는 가정의 경우 대부분 균열이 생기고 다른 형제들에게도 영향이 가기 마련이라고 했다.

생각해보니 그랬다. 나도 짧았지만 아이를 낳아 키워보니 아이 한 명에게 들여야 하는 공이 엄청났다. 그러니 장애를 가진 아이에게는 오죽하겠는가. 하나부터 열까지 아이에게 몇 배의 신경을 더 써야 한다. 아무리 어떤 자식이든 똑같이 사랑하고 아낀다고 해도 부모도 사람이다. 몸은 하나인데 모두에게 자로 잰듯 똑같이 해줄 수는 없다. 오빠는 아픈 아이였고 나는 부모님의 기대를 받는 아이였다. 그래서 내 동생은 분명 나보다 더 소외된 부분이 있었다. 하다못해 나는 대학은 등록금 걱정 없이 편하게 다닐 수 있었는데 동생은 그마저도 그러지 못했다.

또 내가 어린 시절부터 느낀 부담감을 동생도 마찬가지로 느꼈을 것이다. 사실 더했다면 더했을지도 모른다. 내가 어느 정도 크고 나자 이제 주변 어른들은 내 동생에게

"누나는 시집가면 그만이다. 네가 잘해야 한다" 이런 얘기를 하기 시작했다. 그리고 실제로도 계속 옆에 있던 누나가 어느 날 갑자기 집에서 사라졌으니, 나 같아도 전보다 더 부담되고 불안해졌을 것 같다. 자신이 지고 가야 할 몫이 더 커진 느낌이었을 것이다. 그런데 나는 내 인생에만 신경 쓰느라 그런 동생의 인생을 한 번도 제대로 살피지 못했다. 그게 이제 와서 많이 미안하다.

지금까지 나는 동생과 속 깊은 이야기도 제대로 해본 적이 없다. 뭔가 쑥스럽기도 했고, 내 입장에서는 무슨 말이든 동생에게 괜한 이야기, 잔소리가 될까 봐 조심스러웠다. 하지만 이제 이 말만은 꼭 해주고 싶다. 우리의 상황 때문에 앞으로 벌어질 모든 일들은 함께 헤쳐 나가면 되니까 말이다. 그러니 너는 이렇게 하라고.

"부담 갖지 말고 네 인생을 살아."

작가가 되고 싶어요

아주 어렸을 때부터 나는 늘 책에 둘러싸여 지냈다. 나가서 뛰어노는 것보다 어디서든 앉아서 주로 시간을 보냈다. 어쩌다 밖에서 아이들과 고무줄놀이를 하든지 공기놀이를 할 때도 항상 제일 못해서 깍두기를 자처했다. 그래서 많은 책 사이에서 시간을 보내는 것이 마음이 더 편했다. 지금이야 여행도 좋아하고 몸을 써서 하는 일들도 좋아하지만 그때는 그랬다.

그래서인지 선물로 장난감을 받았던 기억은 잘 나지 않고, 대신 전래동화나 서양 동화 전집, 컬러 사진으로 채워져 있던 자연 도감 전집, 만화로 된 한국사 전집, 한 권

한 권 두껍고 무거웠던 대백과사전 전집, 고등학교에 가서야 유용하게 잘 읽었던 하얀색 표지의 한국문학 전집 등을 받았던 기억은 아직까지 생생하다. 또 어느 크리스마스 때 엄마가 사준 『어린 왕자』 책 표지도 기억에 생생하다. 그 책을 펼쳤을 때 맨 처음으로 보았던, 코끼리를 집어삼켜 모자 같았던 보아뱀 그림도 기억난다.

그렇게 나는 성인이 될 때까지 꾸준히 책에 애정을 가졌다. 여기에 큰 영향을 준 사람으로 온 집을 책으로 열심히 채웠던 엄마 외에도 고등학교 내내 다녔던 국어 학원의 선생님이 있다. 그 선생님은 지금 생각해보면 일반적인 학원 강사들과는 좀 달랐다. 수능에 나올 만한 시와 함께 또 수능에는 절대 안 나올 것 같은 독재 정권 찬양 시 같은 것들을 엮어서 가르쳐주었고, 소설을 공부하면서는 관련된 세상의 추악한 뒷얘기 같은 것도 들려주었다. 학교 국어 시간에는 좀처럼 들을 수 없었던 얘기들이 난 그렇게나 재미있었다.

그리고 결정적으로 그 선생님은 우리에게 독서 노트를 만들게 한 후 수업 시간마다 검사했다. 그때 엄마가 사

준 한국문학 전집이 아주 유용하게 쓰였다. 그 안에 선생님이 읽고 노트에 줄거리나 감상 등을 써 오라고 한 단편소설들이 거의 다 들어 있었다. 나는 그 노트를 채우는 시간이 정말 좋았다. 웬만한 학교 과제보다 더 열심히 했다.

그래서 나는 대학을 진학할 때에도 그냥 막연히 책이 좋고 문학이 좋아서 무조건 국문과에 지원하고 싶었다. 사실 어떤 대학을 가고 싶다는 생각은 해본 적이 없었다. 그 대신 무슨 과를 가고 싶다는 생각은 확실했다. 그래서 수능을 망쳤을 때 선생님과 부모님은 크게 실망했지만 난 그저 국문과만 들어가면 된다고 생각했다. 결국 나는 내 뜻대로 진학했고 좋은 스승님들을 만나 대학원까지 무려 7년이나 공부를 했다.

그렇게 학과 공부까지 하다보니 나는 막연히 나중에 글을 쓰는 직업을 가지고 싶다는 생각이 들었다. 하지만 당시 내 주변에 국문과를 나와서 그런 길을 가는 사람이 거의 없었다. 그래서 어떻게 하면 글을 쓰는 직업을 가질 수 있는지 알기 힘들었다. 또 그렇게 전공을 살려 직업을 가지면 딱 굶기 십상이라고, 그래서 너네 과가 '굶는과' 아니겠냐고 말하는 사람들이 있었다. 그중 한 명이 바로 우리 엄마였다.

그 대신 엄마는 교사라는 직업을 너무나 사랑했다. 여자에게는 그만한 직업이 없으니 내게 졸업하고 나서는 꼭 교사가 되어야 한다고 했다. 난 그 직업은 한 번도 생각해본 적이 없었다. 하지만 꾸준히 아르바이트로 과외를 해서 비슷하게 하면 되나 하는 막연한 생각은 있었다. 심지어 엄마는 어디 용하다는 점집에서 점을 보고 와서는 넌 다른 일을 하다가도 결국에는 선생님이 될 팔자라고 했다.

나는 고민이 되었다. 사실 당시 내가 믿고 따르던 교수님이 과제로 제출한 내 글을 보더니 칭찬도 독려도 많이 해줬다. 그런데 이상하게도 나는 그 말보다 우리 엄마의 말이나 혹은 어떤 선배의 "미지야, 너는 선생님이 참 잘 맞을 것 같아"라는 한 마디가 더 솔깃하게 들렸다. 그때 내가 왜 그랬을까.

나는 늘 누군가 시키는 대로만 살아왔다. 그래서 내가 스스로 선택하는 삶에 대한 두려움이 있었다. 또 왠지 글을 쓰게 되면 정말 불안한 삶을 살 것 같았다. 글을 잘 쓰려면 뭐든 끌리는 대로 자유롭게 살아야 할 것 같았다. 하지만 그럴 자신이 없었다. 나중에 알고보니 글 쓰는 사람은 그저 글만 열심히 쓰면 되는 것이었다. 때때로 들려오는 소문과 편견에 지레 겁을 먹고 나는 어떤 시도조차 하지 못했다.

결국 나는 그래서 학부 졸업 후 교사 자격증을 따기 위해서 교육대학원에 지원했다. 그러나 그때의 그 선택은 이후 안정적인 삶은커녕 오히려 오랜 방황과 혼란의 시간을 가져다주었다.

나는 그때 좀 더 용기를 냈어야 했다. 그랬다면 방황의 시간이 조금은 짧았을지도 모른다. 나에게 다른 삶을 권하던 사람들에게 당당히 이 말을 했어야 한다.

"글을 쓰고 싶어요. 나, 글을 쓰며 살래요."

대체 언제까지 해야 해?

어떤 일을 마음먹고 시작하기도 쉽지 않지만 끝을 내기도 어려운 법이다. 물론 작심삼일이라는 말도 있지만 오랜 시간 계속 도전했는데 연이어 실패한 것이라면 쉽게 포기가 될까? 과연 언제쯤 그만두고 다른 길을 찾아야 후회가 덜할까? 자신이 선택한 길이니 자신이 끝낼 시점을 찾는 게 맞겠지만, 그 시작과 함께 계속 실패하는 이유가 아무래도 본인 탓만은 아닌 것 같다면 결국 포기하게 되었을 때 남는 억울함도 혼자 감내해야 하는 것일까?

　요새는 전보다 인생이 길어져 죽을 때까지 한 가지 직업만을 가지고 살기는 어렵다고들 한다. 그러니 한번 가지면 최대한 오래 일할 수 있는 직업에 대한 갈망이 더한 것 같다. 그래서 각자 어느 정도까지의 학업을 이미 마쳤음에도 불구하고 소위 안정적이라는 직업을 가지기 위해 스스로를 다시금 시험의 상황으로 몰아넣는 경우가 많다.

이러한 이유로 수많은 사람들이 도전하는 대표적인 시험으로 공무원 시험과 교사 임용 고시, 이 두 가지가 있다. 사실 크게 묶어 두 가지라 하는 것이고 세부적으로 따져보면 더 많은 유형의 시험들이 존재한다. 나 같은 경우에도 결국 교사 임용 고시를 보기 위해 교육대학원에 진학했다.

교육대학원에서 석사 학위를 받으면 동시에 관련 학과 중등교사 2급 자격증이 주어진다. 그래서 내가 지원했을 당시에도 가장 낮은 경쟁률이 10:1이었다. 이 자격증이 있으면, 물론 그 확률은 매우 낮지만, 사립학교에서는 바로 교사가 될 수 있고 나라에서 시도별로 임용하는 공립학교 중등교사 임용 고시에 지원할 자격이 주어진다. 나는 대학원도 모교로 가고 싶은 생각이 있었는데 심지어 처음에는 모교에 응시했다가도 떨어지고 말았다. 같은 학교 졸업생들끼리도 경쟁이었다. 이후 간신히 추가로 합격하여 모교 대학원을 다닐 수 있었다.

합격을 한 후에는 등록금이 문제였다. 대학 4년 동안은 아버지 직장에서 지원을 해준 덕분에 학비 걱정 없이 학교를 다닐 수 있었다. 용돈 정도만 내가 벌어서 다니면 되었다. 하지만 대학도 졸업했는데 대학원마저 부모님의 도움을 받아 다닐 수는 없었다. 그래서 학원 강사 일을 하면서 학비를 벌고 학업을 병행했다.

그렇게 대학원 졸업 후에 강사 일을 하면서 임용 고시를 계속 준비했는데 결과는 매번 낙방이었다. 이후 불안한 마음에 다 그만두고 회사를 2년 정도 다녀보기도 했다. 결국 그때는 시험 준비에만 온전히 몰두했던 시간이 거의 없었다. 아마 대부분의 수험생들이 그러할 것이다. 그나마 나는 부모님 집에서 같이 살면서 의식주에 대한 큰 불편함은 없었지만 그런 것들까지 해결해나가면서 공부해야 하는 사람들은 정말 쉽지 않을 것이다. 그래서 나도 어느 정도 여건이 된 순간 돈을 버는 일들은 다 그만두고 완전한 임고생의 길로 접어들었다.

우리나라에서 공무원 시험을 준비하는 공시생들과 교사 임용 고시를 준비하는 임고생들이 모두 모이는 장소가 있다. 바로 노량진 학원가이다. 나는 노량진에다 방까지 잡고 시험 준비에 몰두하는, 가장 적극적인 임고생은 아니었다. 그 대신 집 바로 앞에 독서실을 잡고 평소에는 그 안에서 아침부터 저녁까지 공부하다, 학원 수업을 들어야 하거나 스터디 모임이 있을 때만 노량진으로 나가는 생활을 2년여간 지속했다.

그런데 문제는 공무원 시험은 대개 1년에 두 번, 중등 임용 고시는 1년에 한 번 치러진다는 것이다. 즉 실제로 시험을 볼 수 있는 기회가 많지 않다. 결국 대학원에 입학해서 공부하고 졸업하고 어쩌고 하던 시간을 다 따져보면 몇 년이지만, 응시 자격은 예비 학위 수여자였을 때부터 가지게 되었으니 실제로 치른 시험은 총 4회였다. 물론 결과는 모두 낙방이었다.

그사이 나는 이십대에서 삼십대가 되어버렸다. 그런데 이것이 결코 이례적인 나이가 아니었다. 처음부터 사범 대학에 입학하여 졸업을 한 사람들은 바로 자격증이 나

오기 때문에 그때부터 임용 고시를 치를 수 있는데 스물
네 살 때부터 시작해서 계속 낙방해 삼십대 중반에 접어
드는 사람들도 한둘이 아니었다. 그래도 나는 그사이 이
것저것 해보기라도 했는데, 대학 졸업 후에 아르바이트 정
도만 해가며 시험에만 10년 가까이 매달린 사람들도 흔했
다.

이쯤 되니 대충 결론이 나왔다. 이들의 공부가 부족
한 것이 아니었다. 교원 자격증을 가지게 된 사람들은 매
년 계속해서 나오는데 이미 전부터 시험을 보고 있는 사
람들도 계속 쌓이고 있었다. 그런데 학생 수는 점점 줄고
있으니 학급 수는 줄고 교사 자리도 점점 줄어들었다. 그
런데도 시험을 보겠다는 사람들은 계속 줄지 않고 많아져
만 가니 경쟁률만 해마다 치솟았다.

하지만 그런 구조적인 문제가 있다는 것을 깨달았다
고 해도 계속 이 시험만 바라보며 몇 년을 달려왔는데 하
루아침에 그만, 손 털고 멈추기가 쉽겠는가. 더구나 자신
의 젊은 날을 모두 다 바치다시피 했는데. 그리고 지금이
라도 되기만 한다면 몇 십 년은 일할 수 있다니까 조금만

더 해보면 되지 않을까, 그런 생각이 어떻게 안 들겠는가. 그렇게 주저하다보면 그사이 또 몇 년이 훌쩍 흘러가는 것이다.

나 같은 경우에도 가지고 있던 직업까지 그만두고 시험공부에만 몰두해보았음에도 불구하고 몇 번 떨어지고 나니 막막해졌다. 도대체 언제까지 이 생활을 해야 할까 고민이 되었다. 이러다 정말 나이만 더 먹고 아무것도 못하는 사람이 될까 봐 걱정이 되었다. 그래서 누군가 대답해줄 수 있다면 정말 이렇게 물어보고 싶었다.

"도대체 언제까지 해야 하나요?"

과연 언제쯤 그만두고 다른 길을 찾아야 후회가 덜할까?
자신이 선택한 길이니 자신이 끝낼 시점을 찾는 게
맞겠지만,
그 시작과 함께 계속 실패하는 이유가 아무래도 본인
탓만은 아닌 것 같다면 결국 포기하게 되었을 때 남는
억울함도 혼자 감내해야 하는 것일까?

네가 무슨 상관이니?

2년 넘게 공부만 하느라 모아놓은 돈도 다 떨어져가는데 서른이 훌쩍 넘은 나이에 부모님의 도움을 받을 수는 없었다. 또 이렇게 계속 버틴다고 해서 과연 되기는 하는 걸까 의심도 들었다. 그래서 결국 임고생 생활을 접고 다시 돈을 벌기로 마음먹었다. 그 대신 도대체 어떤 일이기에 이렇게 되기가 힘든가 싶어서 경험이라도 해보자는 마음으로 무조건 기간제 교사 모집 공고만 열심히 찾아보았다.

기간제 교사는 국가시험을 통해 그 학교에 정식 발령이 난 교사가 아니라 해당 학교와 일정 기간 계약을 맺고 일하는 교사다. 한마디로 비정규직 교사이다. 학교에서 가장 흔하게 기간제 교사가 필요한 경우는 여교사가 출산을 하고 출산 휴가에 들어갔을 때다. 그 외에도 학기 중간에 교사가 명예퇴직을 한다든지, 배우자의 발령으로 인해 외국으로 가게 되었다든지 등의 사유들로 휴직했을 때 공석이 생긴다. 이 자리를 다시 국가에서 교사 발령을 내줄 때까지 학교는 기간제 교사로 메우는 것이다.

그런데 이런 비정규직 교사 자리조차 들어가기는 과장이 아니라 정말 하늘의 별 따기였다. 나오는 자리는 당연히 극소수인데 자격증을 가진 수많은 사람들이 지원하기 때문이다. 일하면서 교사로서의 경험도 쌓을 수 있고 만약 나중에 임용 고시에 합격하게 되면 일한 기간도 모두 경력으로 인정되니 흔치 않은 기회였다.

또 다른 비정규직과는 달리 정규직과 비교했을 때 임금 차별이 적다. 나도 기간제 교사가 되었을 때 일단 석사 학위 취득을 경력으로 인정받고 학원 강사 경력, 회사 근무 경력 등도 일부 인정받아 그에 맞는 호봉만큼 월급을 받았다. 명절 수당 같은 것도 그 기간에 일하는 중이면 차별 없이 나온다. 그래서 아예 처음부터 임용 고시를 치르지 않고 기간제 교사로 경력을 쭉 쌓아 학교를 옮겨 다니며 일하는 사람도 적지 않다. 이런 상황이니 오랫동안 공부만 해서 아무 경력이 없는 사람은 비정규직 교사 자리조차 쌓여 있는 경력자들에게 밀려 지원해도 합격하기가 정말 힘들다.

나도 맨 처음에는 운으로 집 근처 고등학교에서 3개월 계약으로 일을 시작했다. 그 자리를 구하기도 쉽지 않았다. 몇 군데 학교에 지원서를 쓰고 떨어졌는지 다 기억도 안 난다. 심지어 출근한 첫날 그 학교의 어느 선생님은 나에게 조용히 교감 선생님과 친하냐, 교장 선생님과 친하냐고 물어오기도 했다. 달랑 3개월 일하는 자리였음에도 말이다. 여하튼 그 학교를 시작으로 다음 학교는 6개월, 그다음은 1년, 그다음은 1년 6개월 이런 식으로 계약 기간을 늘려가면서 경력을 쌓아나갔다.

물론 몇 년간 교사 생활을 하면서 당연히 긍정적인 기억만을 가지고 있지는 않다. 세상에 어느 집단에 가도 그러하듯 아이들 중에서도 아주 예의가 없거나, 악하다고 표현할 수 있을 정도로 못된 아이들도 있었다. 나는 어른이었지만 그들의 말이나 행동으로 인해 상처를 받기도 했다. 하지만 어쨌든 그들은 아직 어렸기 때문에, 그냥 그때의 철없음으로 생각하면 어른인 내가 못 넘길 것은 없었다.

사실 그보다 오히려 함께 일하는 어른들이 치사한 모습을 보일 때 더 상처를 받았다. 수업 시수와 과목을 나눌 때 너무나 자연스럽게 비정규직 교사에게 더 많이 부여하는 차별이 있었고 행정 업무에서도 마찬가지였다. 번거롭고 복잡한 일은 계약 기간이 정해진 비정규직 교사가 맡을 확률이 더 높은 건 어쩔 수 없었다. 나이 많은 교사들이 다수인 학교에서는 일이 힘든 담임 업무는 모두 젊은 선생님이나 기간제 교사가 도맡는 경우가 허다했다. 언젠가 뉴스로 다뤄질 정도였다.

안타깝게도 그러한 어른들의 사고와 행동은 바로 아이들에게 영향을 주기 마련이다. 내가 학교에서 근무하면서 아이들에게 받은 여러 가지 질문 중 가장 대답하기 난감했던 것은 바로 이것이었다.

"선생님 비정규직이에요?"

나는 너무나 갑작스러운 그 질문에 순간 당황했다. 과연 무엇이라고 대답하는 게 옳았던 것인지 잘 모르겠다. "응, 맞아, 비정규직이야"라고 사실 그대로 말했어야 했을까, 아니면 "아니, 그게 무슨 말이야?" 하고 모르는 척해야 했을까.

벌써 기억이 흐릿하기는 하지만 난 이렇게 대답했던 것 같다. 과연 이게 맞는 대답이었는지는 아직도 잘 모르겠다.

"내가 비정규직이든 정규직이든 무슨 상관이니?"

먼저 들어가보겠습니다

학부를 졸업하고 나서 학원 강사 일을 시작하면서 나는 '월급'이라는 것을 처음으로 받았다. 졸업을 한 학기 남겨두었을 때 전부터 알고 지내던 선생님이 국어 학원을 운영하고 있었는데 그분이 일주일에 하루 대학원에 공부하러 나가게 되면서 내가 그 하루를 맡게 되었다. 이후 나도 교육대학원에 진학하게 되면서 자연스럽게 본격적으로 강사 일을 시작하게 되었다. 어차피 국어교육 쪽 공부를 시작했으니 아이들을 가르치면서 돈도 벌 수 있는 좋은 기회였다.

하지만 학원 강사 일의 가장 큰 단점은 남들이 일하

지 않을 때 일해야 한다는 것이었다. 평일에는 아이들이 학교 수업을 마치고 온 저녁때부터 수업이 시작됐고 아이들이 학교에 가지 않는 주말에는 내내 일해야 했다. 그러니 학업과 일을 병행할 수 있었지만 또 그러다보니 공부와 일 외에는 아무것도 할 수 없었다. 그렇게 3년 정도를 보내고 나자 나는 남들처럼 아침에 출근해서 저녁때 퇴근하고 주말에 쉬는 그런 삶이 궁금해졌다.

그래서 대학원을 졸업할 때쯤 고민에 빠졌다. 학원 강사 일은 이제 익숙해졌고 나름대로 잘하고 있었으니 계속해보는 것도 나쁘지 않았다. 돈도 꽤 벌 수 있었다. 하지만 다른 생활에 대한 궁금증도 생겨버렸다. 또 학원 강사는 아무래도 언제까지 할 수 있을지 알 수 없다는 생각이 들었다.

그래서 그때 처음으로 남들처럼 회사에 취직해보는 것은 어떨까 생각한 것이다. 당시 내 나이가 이미 스물일곱이었기 때문에 더 늦어지면 신입사원으로 취직하기는 힘들었다. 그리고 마침 그때 나라에서 대대적으로 검정교과서 작업을 시작할 때라 교과서를 만드는 출판사에서 사람을 많이 뽑았다. 나는 마침 석사 학위 논문도 교과서에 관한 것으로 썼던지라 관련 회사에 지원서를 내 봤는데 덜컥 합격해버리고 말았다. 그래서 한동안의 고민이 무색하게도 하루아침에 회사원이 되었다.

입사하고 처음 1년은 정신적인 스트레스는 덜 받으면서 다녔다. 뭘 알아야 부당하거나 비합리적인 일을 당했을 때 화가 나거나 억울했을 텐데 회사 생활에 대해서 아무것도 모르는 상태였다. 원래 이런 건가 보다 하고 별생각 없이 지냈다. 하지만 그때도 좀 이상하다 싶었던 것이 나는 배울 만큼 배우고 이곳에 들어온 것 같은데 자꾸 허드렛일에 가까운 일들을 하게 되는 것이었다. 교과서 편집자로서 뭔가를 익히고 있다기보다는 교과서를 만드는 과정 속에서 단순한 일들만 맡아서 하는 아르바이트생이 된 느낌이었다. 그래도 그때 나는 '내가 아직 경험이 없어서 그렇겠지. 일단 보고 배우라는 건가. 시간이 지나면 좀 일다운 일을 시켜주겠지'라고 생각하며 첫해를 보냈다.

하지만 이후 우리 팀이 만든 교과서들이 전부 무사히 합격했는데도 상황이 크게 달라지지 않았다. 나는 여전히 교과서 기획 회의에 쓰이는 자료나 복사하고, 다과를 준비하고, 저녁 메뉴를 정하고, 식당을 예약하는 일들을 주로 했다. 이런 일들을 시키려면 왜 굳이 나를 뽑았을까, 점점 이상하다는 생각이 들었다.

또 이상했던 점은 바로 출퇴근 시간이었다. 출근 시간이 8시 반이었는데 그러면 8시간 근무가 원칙이니 퇴근 시간은 5시 반이어야 맞았다. 하지만 다들 응당 6시에 퇴근했다. 지금 생각해보니 매일 삼십 분씩 손해를 본 것인데 그때는 전혀 몰랐다. 그냥 그런가 보다 했다.

또 잘못된 그 6시라는 퇴근 시간마저도 당시에 거의 잘 안 지켜졌다. 과장님이 퇴근을 안 하면 나도 하면 안 될 것 같고 내가 우리 팀에서 1등으로 퇴근해도 안 될 것 같았다. 그래서 우리 팀원들은 매번 퇴근 시간만 되면 눈치 게임을 하는 사람들처럼 행동했다. 하나, 둘, 하면서 서로 눈치보며 일어나는 그 게임 말이다.

또 교과서 작업은 마감 시즌 때는 야근에 주말 특근도 해야 했고 심지어 교과서 심사본을 내기 직전에는 밤을 새워서 일해야 했다. 하지만 마감이 아닐 때는 그렇게

까지 일할 필요가 전혀 없었다. 어차피 원고가 들어와야 어떤 작업이든 할 수가 있었으니 원고가 안 들어오거나 늦게 들어올 때는 정시에 퇴근해도 되는 거였다. 하지만 우리는 일이 당장 없는데도 일하는 척을 계속해야 했다. 이게 뭔가 싶었다.

그러다보니 이상한 상황들이 계속 생겼다. 그중 정말 싫었던 것은 퇴근 시간 삼십 분 전에 새로운 일을 받게 되는 것이었다. 받는 입장에서는 퇴근하지 말라는 이야기로 느껴졌다. 그보다 더 최악은 아무런 사전 예고도 없이 퇴근 시간 삼십 분 전에 회의를 하자고 모이라는 것이었다. 왜 그때부터 회의를 하는 건지, 그럼 퇴근 시간은 당연히 뒤로 미뤄지는데, 그렇다고 돈을 더 주는 것도 아니었다. 적어도 야근은 밤 8시 반은 넘겨야 그때부터 초과 수당이 나왔다.

이런 일들이 쌓여가니 나는 점점 기분이 나빠졌다. 뭔가 부당한 일을 당하고 있다는 생각이 들었다. 하지만 회사를 당장 그만둘 것이 아니었으니 과장님에게 이것저것 따지기도 뭐했다. 그런데 이러한 상황이 우리 팀만의 문제는 아닌 모양이었다. 같이 입사했던 다른 과목 다른 팀 동기들의 얘기를 들어보니 더 가관이었다.

어떤 상사는 정식 퇴근 시간인 5시 반이면 사라져서 야근 수당을 주기 시작하는 8시 반에, 어디서 술을 한잔 하고 왔는지 벌건 얼굴로 나타난다고 했다. 그래도 그렇게 들어와서 일을 하는 상사는 그나마 나은 쪽이었다. 어떤 상사는 그때부터 자리에 앉아 인터넷으로 스포츠 경기를 보든지 아니면 게임을 한다고 했다. 그사이 팀원들은 그런 그들을 보면서 퇴근도 하지 못하고 자리를 지키고 앉아 있는 것이다. 그러니 이건 누군가에게 보여주기식 야근이 아닌가 의심할 수밖에 없었다.

이후 거기에 처우 등 여러 가지 비합리적인 상황들이 더해지고, 그것들이 계속 반복되고 누적되면서 결국 절이 싫으면 중이 떠난다는 말처럼 같이 입사했던 동기들이 하나둘씩 회사를 떠났다. 나는 입사한 지 2년이 다 되어가던 때쯤 교사용 지도서 작업을 하면서 드디어 편집자다운 일들을 조금씩 맡기 시작했지만, 그사이 이미 많이 지쳐버렸다. 처음 입사했을 때의 열의도 의지도 다 어디로 사라져버린 상태였다.

그래서 결국 나 역시 이 한 마디를 제대로 해보지 못한 채 회사를 그만두게 되었다. 당연히 할 수 있는 이야기인데 그때는 이 말이 뭐가 그렇게 눈치가 보이고 어려웠는지 모르겠다.

"그럼 저는 먼저 들어가보겠습니다."

그거 좀 이상한데요

어떤 상황이든 사람마다 각자의 의견을 가질 수 있다. 하지만 그 의견을 입 밖으로 내느냐 마느냐는 또 다른 문제다. 처음 내 의견을 함부로 말하지 말아야겠다고 생각한 것은 부모님이나 선생님과의 관계에서였다. 나는 의도 없이 그냥 얘기한 것인데 '말대답' 혹은 '버르장머리 없음'으로 치부되기 일쑤였다. 그래서 나는 점점 더 '괜찮은데요' '좋네요' 같은 말을 더 많이 하는 사람이 되었다.

이런 상황에 대해 한참 의식하지 않고 살다가 다시 생각하게 된 일이 있었는데 바로 시어머니에게 말할 때였다. 그때는 결혼 초기라 아직 서로 서먹한 상태였는데 어머님이 자꾸 나에게 음식의 상태에 대해 물었다. 간이 어떤지 맛은 어떤지 이런 것들을 물었는데 나는 어찌해야 할지 알 수 없었다. 순간 진짜 어떤지 궁금해서 물어보는 것 같은데 여기서 내가 정확하게 얘기해야 도움이 되려나 그렇게 생각했다. 그래서 그만 어머님에게 이렇게 말하고 말았다.

"밥이 좀 질게 된 것 같아요."

하지만 난 그 말을 하자마자 바로 느꼈다. 어머니 기분이 나빠졌음을. 그래서 그 뒤로는 일절 음식에 대해서는 이야기하지 않는다. 물어도 잘 모르겠다고 하고, 그냥 먹어보고 진짜 맛있을 때만 '맛있어요'라고 말한다. 맛있다는 건 좋은 얘기니까.

그래도 이런 상황들은 윗분에 대한 배려와 예의의 문제와도 관계가 있고 사실 크게 중요하지 않은 경우가 대부분이다. 그러니 좋게 넘어가는 것도 나쁘지 않다. 하지만 본격적으로 사람들이 한곳에 모여 서로의 의견을 공유하고 합의해서 결정하는, 이를테면 회의 같은 상황에서는 얘기가 달라진다.

회사에 근무할 때, 나는 정말 회의를 셀 수 없이 많이 했다. 교과서 한 권이 한 사람만의 힘으로 만들어지는 경우는 없다. 집필진이 꾸려지면 각자 특정 단원의 집필을 맡고, 원고를 작성하고, 그 원고에 대해서 모여서 따져보고, 아이디어를 나누는 등 거의 모든 과정이 회의를 통해서 이루어진다. 그러니 국어국문과를 졸업하고 교육대학원에서 국어교육을 전공한, 심지어 논문도 교과서에 관해 쓴 나를 신입사원으로 뽑지 않았겠는가. 내가 배운 지식들이 필요했으니까 말이다. 하지만 놀랍게도 매번 회의 때마다 나는 단 한마디도 할 수 없었다.

우리 팀은 그랬다. 필자들과 함께하는 회의에서는 어떤 말도 하지 말라는 분위기였다. 윗사람들도 다 꿀 먹은 벙어리처럼 앉아 있는데 말단인 내가 나서서 말을 할 수는 없었다. 원고가 이상해도 이상하다고 말할 수 없었다.

그래야 하는 이유는 이러했다. 만들어진 모든 교과서가 다 합격하는 게 아니기 때문에 혹시 섣불리 뭔가를 주장했다가 결과가 안 좋을 경우 우리 쪽에 책임이 지워질 수 있다는 것이었다. 하지만 공동 작업에서 어느 쪽에만 책임이 있다는 건 말이 안 되었다. 설령 우리 쪽에서 이상한 얘기를 했다고 해도 한두 사람의 전문가가 모인 것도 아니고 의견 교환을 통해 바로잡으면 되는 것이 아닌가. 하지만 구더기 무서워서 장 못 담근다고, 혹시나 어떤 일이 벌어질까 봐 뭐든 못하게만 하는 분위기였다.

아무 말도 하지 못하고 회의 시간 내내 자리를 지키고 앉아만 있는 것은 쉬운 일이 아니었다. 기본적으로 회의 횟수도 많았지만 한번 하는 회의 시간도 길었다. 적게는 네 시간, 많게는 하루 종일 혹은 1박 2일 워크숍까지 하면서 회의를 했다. 그때마다 난 회의 전과 회의 후에만 무척 바빴다. 작성된 원고들을 인원수에 맞게 복사하고, 다과 준비를 위해 장을 보고, 끼니 때 음식 배달을 주문해 두거나 식당을 예약하고, 회의 장소에 앉을 자리를 세팅했다. 그러고 나서는 막상 땅 하고 본격적으로 회의가 시작되면 나는 할 일이 없었다. 그저 입을 꾹 다물고 몇 시간을 앉아만 있었다. 그렇게 참고 참다 회의가 끝나면, 예약해 둔 식당에 가서 필자들을 챙기고, 필자들이 가면 다시 회사로 돌아와서 뒷정리를 했다. 결과적으로 회의 이후 정리를 위해 입 다물고 몇 시간을 기다린 셈이었다.

또 남들 일할 때 일하고 쉴 때 쉬어보고 싶어서 잘하던 학원 강사를 그만두고 회사에 들어왔는데 난 그럴 수 있는 팔자가 아닌가 싶었다. 여러 필자의 상황에 맞추다 보면 늘 퇴근 시간 이후나 주말에 회의가 잡혔다. 그럼 나는 근무 시간이 아닌 시간에 나와 근무하고 있는 것인데 추가 수당도 없었다.

돈을 벌고 있는 것도 아니면서 몇 시간을 그렇게 아무 말 없이 앉아 있다 보면 '여긴 어디?' '나는 누구?'라는 생각이 저절로 들었다. 과장님은 어쨌든 우리가 회의 내용을 다 들어놓아야 전체적인 상황이 공유된다고 생각한 모양이었지만, 뭔가 서로 이야기를 나누는 것이어야 상대방의 말도 경청할 수 있는 법이다. 한마디의 의견도 말할 수 없는 상태에서 상대의 이야기를 귀담아듣기란 쉽지 않았다.

나중에 알고 보니 이런 상황이 교과서를 만드는 모든 팀, 모든 회사의 상황은 아니었다. 당연했다. 필자와 편집자의 관계는 갑을 관계가 아니기 때문이다. 분명 하나의 저작물을 함께 만들어내는 대등한 협력 관계다. 물론 나는 그때 필자들이나 회사 선배들보다 경험도 경력도 한참 모자랐지만 적어도 좀 이상하고 이상하지 않고 정도는 판단할 수 있었다. 그 정도만 말할 수 있었어도 조금이라도 도움이 된다는 생각에 작은 보람이라도 느낄 수 있었을 것이다.

하지만 안타깝게도 2년여의 회사 생활 동안 결국 회의 중에 단 한 번도 이 말을 하지 못했다. 이 말만 할 수 있었어도 혹시 지금까지 내가 편집자의 길을 걷고 있었을지 모른다.

"그거 좀 이상한데요."

무슨 일이죠?

나는 여중, 여고, 여대를 다녔던지라 집 밖에서는 거의 대부분 '여초' 환경에 있었는데, 그러한 상황은 졸업 후에도 계속되었다. 보습 학원, 출판사, 고등학교 모두 남자보다 여자가 훨씬 많은 직장이었다. 그래서였는지 아니면 그냥 운이 좋았던 것인지 일하는 동안 직장 내 성희롱, 성추행은 그나마 덜 겪은 편이었다. 여기에서는 '덜'에 방점이 찍혀 있다. 전혀 없지는 않았기 때문이다. 여자로 살아가면서 그런 일을 아예 겪지 않은 사람은 아마 상당히 드물 것이다. 앞으로는 좀 달라질 수 있을까.

남자 형제들 사이에서 자라기는 했지만 가족이 아닌

남자들을 접하거나 함께 생활해본 경험이 적어서인지 나는 기본적인 그들의 생리에 대해 무지했다. 그러다보니 이래저래 남자와 함께 있을 때 처하게 되는 상황과 맥락을 잘 파악하지 못할 때가 많았다. '이게 좀 이상한 상황이었던 것 같은데, 문제 삼을 만한 거였는데' 하는 것들을 겪고 나서도 전혀 모르거나 한참 있다가 나중에 깨닫고는 했다.

그래서 나에게는 전보다 나이를 먹고 경력이 쌓였어도 그때 과연 무슨 일이 있었던 것인지 알 수 없는 경험이 하나 있다. 사실 그날의 진실은 그때 함께 있으면서 그것을 똑똑히 목격한 사람이 나에게 얘기해줄 수 있었다. 하지만 당시 나는 상황을 정확히 알고 있는 사람에게 그것에 대해 물을 수가 없었다. 그러면 일이 무척 커질 것 같은 분위기였다. 그래서 계속 밀려오는 찝찝함과 궁금함을 꾹 참아내었다. 그때의 나는 지나치게 순종적이었으며 과하게 순진했다. 바보 같았다.

그 일은 회사에 입사한 지 몇 달 되지 않았을 때 술자리에서 일어났다. 이제는 취한 기분도 별로고 이튿날 숙취도 별로라 술을 먹지 않고 있지만 과거에 나는 꽤 음주 능력자였다. 그래서 입사하고 나서도 나름의 능력이 드러나 곧 여러 술자리에 불려가는 신입사원이 되었다.

그 일이 있었던 술자리의 참석자는 당시 우리 팀 여자 과장과 다른 팀 남자 과장 두 명, 나, 그리고 다른 팀 여자 동기 한 명이었다. 단순히 친목을 도모하는 그런 술자리였다. 그래서 분위기가 나름 화기애애했다. 하지만 그래도 신입사원이 둘이나 껴 있다보니 뭔가 '너네 한번 마셔보렴. 어느 정도 마시나 보자'라는 흐름으로 이어지게 되었다. 그사이 빈 소주병은 계속 쌓여만 갔고 참석자들은 점점 더 취해갔다.

그런데 분위기가 한창 무르익고 있던 순간, 갑자기 옆에 앉아 있던 여자 과장이 나와 동기를 향해 소리쳤다.

"빨리 둘 다 눈 감고 귀 막아."

나는 무슨 일인지 몰라 일단 시키는 대로 눈을 감고 두 손으로 귀를 막았다. 그러자 남자 과장 한 명이 다른 문제의 과장을 어떻게 하는 것 같았는데, 눈 감고 귀 막았으니 무슨 일인지 도무지 알 수가 없었다. 그 후 바로 나와 여자 동기는 여자 과장의 지시로 얼떨결에 먼저 집으로 돌아왔다.

그리고 이튿날이었다. 숙취가 좀 있었던 것을 빼고는 별생각 없이 회사에 출근했는데 어쩐지 분위기가 이상했다. 우선 어제의 술자리 참석자 중 그 문제의 남자 과장이 출근을 안 했다. 그러더니 곧 그 과장이 회사를 그만두느니 마느니 하는 얘기가 들려왔다. 나는 너무 깜짝 놀랐다. 그래서 어찌해야 하나 고민하다가 그 자리에 함께 있었던 동기에게 사내 메신저로 메시지를 보냈다.

'유미 씨, 혹시 어제 무슨 일 있었는지 알아요? 나 진짜 눈 감고 귀 막아서 아무것도 몰라요.'

그런데 돌아온 대답은 이것이었다.

'어쩌요, 미지 씨. 사실 나도 몰라요. 그래서 난 미지 씨한테 물어보려고 했어요.'

정말 답답하기 짝이 없었다. 둘 모두 보고 듣지 못했으니 알 길이 없었다. 그럼 이제 여자 과장에게 물어보는 방법만이 남아 있었다. 하지만 누가 회사를 그만두느니 마느니 하는 분위기에서 도무지 뭘 물어볼 수가 없었다.

그리고 이튿날, 나는 여전히 의문을 풀지 못한 채 문제의 남자 과장에게 메신저로 단체 메시지를 하나 받았다. 수신인은 모두 그날 술자리 참석자들이었다.

'엊그제 있었던 자리에서 물의를 일으켜서 정말 죄송합니다. 잊어주시면 좋겠습니다. 다시는 그런 일이 없도록 하겠습니다. 정말 죄송합니다.'

대충 이런 내용이었는데 나는 더욱 황당했다. 도대체 무슨 일에 대해서 내가 사과를 받는 것인지 알 수가 없으니 뭐라고 답장을 보낼 수도 없었다.

나와 내 동기는 이렇게 그 일에 대해서 전혀 몰랐고, 나머지 과장님들은 입을 굳게 다물었는지 회사 내에서는 더 이상의 소문은 돌지 않았다. 그래서 더욱 답답해졌다. 차라리 소문이라도 나면 얻어서라도 들을 수 있었을 텐데 말이다.

나는 마치 수업 중에 엄청나게 궁금한 질문이 있으나 용기가 나지 않아 손을 들지 못하는 학생처럼 계속 주저했다. '어째야 하나. 그냥 이렇게 모른 채 지나가야 하나.' 그렇게 고민하던 중에 여자 과장님이 나를 부르더니 뜻밖의 얘기를 했다.

"미지 씨, 고마워. 그날 일에 대해서 더 얘기 안 해줘서."

나는 역시 이 이유를 알 수 없는 고맙다는 말에 어찌할 바를 모르다 있는 그대로 대답했다.

"저는 그날 눈 감고 귀 막아서요. 무슨 일이 있었는지 전혀 모릅니다."

이렇게 있는 그대로 얘기하면 과장님이 조금의 설명이라도 해줄 줄 알았다. 하지만 나에게 다시 돌아온 말은 전혀 상상 밖의 것이었다.

"미지 씨, 정말 대단한데. 그렇게 얘기해주면 내가 진짜 고맙지. 고마워."

아마도 과장은 나의 말을 일종의 은유로 해석한 모양이었다. 그래서 나는 졸지에 조직을 위해서 무엇인가 들어도 못 들은 척, 알아도 모르는 척, 입을 굳게 다무는 진중하고도 충성스러운 직원이 되어버렸다. 그렇게 되자 나는 기분이 매우 좋지 않았다. 더 답답해졌다.

하지만 지금 생각해보면 그때 도대체 무슨 일이 있었

던 것인지 더 캐묻지 않아 다행이었다 싶기도 하다. 만약 그날 밤에 일어난 그 일을 내가 몽땅 다 알게 되었다면 왠지 마음에 더 큰 상처가 남았을 것 같다. 느낌이 싸하다.

이 돈, 무슨 뜻이죠?

누군가가 나에게 돈을 줬던 여러 상황들이 있었다. 성인이 되기 전에는 부모님과 어른들에게 용돈을, 대학에 들어가고 나서 아르바이트를 한 가게 사장님에게는 알바비를 받았다. 또 학교를 졸업하고 사회에 나가서는 근무했던 학원의 원장님이나 회사 사장님에게 월급을 받았다. 그 돈들은 그렇게 모두 분명한 이유가 있어서 받은 것들이다.

그런데 당시에 얼떨결에 받았지만 아직도 내가 왜 그때 그것을 받은 것인지 알 수 없는 돈들이 있다. 물론 시간이 꽤 흐른 지금 떠올려봐도 기분이 나빠지는 걸 보면 뭔가 이상한 돈이었다는 건 확실하다. 그렇지만 그들이 나에게 돈을 준 명확한 이유는 모른다.

첫 번째는 출판사에서 편집자로 근무할 때 필자에게서 받은 돈이다. 당시 나는 교과서 개발팀에서 일하고 있었으니 주기적으로 만나는 필자들이 대학교수 아니면 학교 교사였다. 그때는 회사, 조직이라는 곳에서 처음 근무해보는 것이어서 뭔가 좀 이상하고 납득이 안 가도 그냥 원래 이런 건가 보다 하고 받아들였다.

예를 들면 모처에서 워크숍을 하다 다 같이 수산시장으로 밥을 먹으러 갔을 때, 상사가 굳이 남자 필자들 사이에 끼어 앉으라고 했다. 그래서 그냥 그 사이에 앉아서 밥을 먹었다. 밥을 다 먹고 난 후 심지어 나의 사수는 기분 나쁠 수도 있었을 텐데 받아줘서 고맙다는 인사를 했다.

또 어느 날은 회식을 하는데 나로서는 처음 보는 신기한 술집에 데리고 가더니 필자들과 같이 앉아 있으라고 했다. 그래서 또 그냥 앉아 있었다. 특히 그때의 경험은 나에게는 두고두고 오래 기억에 남았는데, 웬 낯선 여자분이 들어와 내 옆에 앉더니 통째로 들고 온 과일을 앞에서 직접 깎고 썰어서 먹기 아까울 정도로 예쁘게 접시에 담아주었다. 내가 그런 과일을 앞으로 언제 또다시 먹을 수 있을까 싶다.

그런데 문제의 그 일은 한 해를 마무리하는 송년회 자리에서 벌어졌다. 필자들과 우리 팀원들 모두 다 같이 식사를 하고 술을 마신 후 함께 노래방에 갔다. 이후에는 한 곡씩 돌아가면서 노래를 부르는 분위기였다. 그래서 나도 매우 쑥스러웠지만 마이크를 잡고 나름대로 즐겁게 노래를 불렀다. 내 노래가 다 끝나자 응당 그렇듯 사람들은 다 같이 박수를 쳤는데 바로 그때 어떤 남자 필자 하나가 유독 감탄을 하며 크게 손뼉을 치더니 그 자리에서 지갑을 꺼내 나에게 돈 이만 원을 건네주었다.

나는 순간 이게 뭐지, 싶었다. 하지만 그때 그 모습을 본 주변 사람들은 다들 크게 웃으면서 더 크게 손뼉을 쳐댔다. 나는 그 분위기에 휩쓸려 그만, 심지어 살짝 웃으면서 돈을 받고 말았다. 이후 또 다른 사람들이 바로 노래를 이어 부르면서 그 일은 그냥 그렇게 지나갔다. 그래서 그 돈을 결국 어떻게 했는지 기억나지 않는다. 그 자리는 분명 다 같이 즐거우려고 모인 회식 자리였는데 왜 내 손에는 돈이 쥐어졌을까?

두 번째는 내가 초등학생이었던, 아주 어린 시절에 겪은 일이다. 당시 우리 가족은 복도식 아파트에 살았는데, 그때까지만 해도 같은 층에 나란히 살고 있는 이웃들끼리 교류가 제법 있었다. 우리 옆집에는 나와 비슷한 또래의 딸 둘을 둔 부부가 살았는데 그 가족과 우리 가족은 함께 꽤 자주 어울렸다. 그러다보니 서로의 집도 스스럼없이 오갔다.

그날은 무슨 이유 때문이었는지 부모님이 두 분 다 집에 없었다. 그래서 오빠와 남동생과 집에 있었는데 대문 쪽에서 초인종 소리가 들렸다. 오빠는 몸이 불편했고 동생은 어렸으니 당연히 내가 나가서 문을 열었는데 옆집 아저씨가 서 있었다. 아저씨는 부모님을 찾았고 나는 두 분다 안 계시다고 말했다. 그리고 인사한 후 문을 닫으려는데 저쪽에서 아저씨가 다시 내 이름을 불렀다. 그 소리에 대문 밖으로 고개를 빼꼼히 내밀어보니 아저씨가 자기 집 문 앞에 서서는 이리로 오라고 손짓을 했다.

아저씨가 오라고 하니 나는 별생각 없이 현관문을 열

고 나갔다. 그 집은 평소에도 자주 놀러 가는 집이었다. 그런데 그때 말도 제대로 못하는 오빠가 갑자기 펄쩍펄쩍 뛰며 소리를 질렀다. 왜 그러는 것인지 알 수 없었다. 나는 그런 오빠를 뒤로한 채 아저씨를 따라 그 집 안으로 들어갔다.

막상 그 집 안으로 들어가보니 아줌마도 그 집 딸들도 없었다. 아저씨는 별말 없이 자기가 먼저 침대가 있는 안방으로 들어가서 나보고 따라 들어오라고 손짓했다. 그때부터 나는 조금 이상하다는 생각이 들었지만 순순히 따라 들어가 침대 위 아저씨 옆에 앉았다. 그랬더니 아저씨는 갑자기 나에게 자기 어깨를 주무르라고 했다. 나는 시키는 대로 했다. 그러다 어느 순간 아저씨가 나를 침대 위에 눕혔다. 그러더니 자신도 그 옆에 나란히 누웠다.

어렸던 나는 이게 도무지 무슨 상황인지 알 수가 없었다. 아저씨는 곧바로 별다른 행동을 이어가지는 않았다. 나는 '이대로 가만히 누워 있어야 하는 건가. 그런데 좀 무섭다'라는 생각이 들기 시작했다. 그러다 좀 전 오빠의 반응과 표정이 눈앞에 확 떠올랐다. 나에게 무슨 말을 한 것은 아니었지만 분명 가지 말라는 표현이었다. 그제야 나는 뭔가 잘못되어가고 있음을 깨달았다. 그래서 바로 벌떡 일어나서 아저씨에게 말했다.

"아저씨, 저 집에 갈래요."

그리고 뒤도 돌아보지 않고 그 집에서 뛰쳐나와 집으로 돌아왔다. 그제야 가슴이 미친 듯이 두근거렸다. 그 뒤에 내가 어떻게 마음을 진정시켰는지도 잘 기억이 나지 않는다. 그 대신 돌아온 나를 물끄러미 쳐다보던 오빠의 얼굴만이 기억난다.

며칠 뒤 아파트 앞에서 그 아저씨와 우연히 마주쳤다. 나는 평소와 같이 허리를 숙여 인사했다.

"아저씨, 안녕하세요?"

그런데 그때 아저씨가 인사를 받고 그냥 지나치지 않고 나에게 가까이 다가왔다. 그러더니 내 손에 천 원짜리 한 장을 쥐여주었다. 나는 영문도 모른 채 그 돈을 받아들고 원래 가고 있던 곳으로 향했다. 그때 나는 다음날 학교 준비물이었던 양면 색종이를 사기 위해 문방구에 가는 길이었다.

177

문방구에 도착해서 일단 양면 색종이를 먼저 집어 들었다. 그리고 고민이 되었다. 나는 어쩐지 이 돈을 빨리 써버려야 할 것 같았다. 이것저것 살펴보다 평소에 눈여겨봐둔 학 종이 박스를 집어 들었다. 그것을 사 들고 집으로 와서는 종이들로 작은 학을 접었다.

이후에 나는 그 누구에게도 아저씨에게 돈을 받았다는 사실을 말하지 않았다. 또 그 돈으로 무엇을 샀다는 사실도 말하지 못했다. 그러면 왠지 혼이 날 것만 같았다.

그때보다 나이를 더 먹고 경험이 쌓인 지금 그때 그들이 나에게 어떤 마음을 가졌던 것인지 무슨 행동을 하려고 했던 것인지 대충 추측해볼 수는 있다. 하지만 어쨌든 추측은 추측일 뿐, 그들의 입에서 나오는 그들의 설명을 직접 들어본 것은 아니다.

그러니 나는 앞으로도 계속 궁금해할 것 같다. 그래서 지금이라도 그들에게 묻고 싶다.

"그때 그 돈, 대체 왜 준 건가요?"

나 때문에 속상했니?

한 아이가 태어나면 한동안은 거의 엄마 품속에서만 지낸다. 아직 너무나 약해 누군가의 도움이 꼭 필요하다. 하지만 그 아이는 금방 스스로 일어나 혼자 걸을 수 있게 되고, 엄마의 품을 떠나 홀로 밖으로 나서야 하는 시기를 맞이한다. 가족이 아닌 모르는 사람들과 함께 어울려야 하는 것이다.

안타깝게도 타인과 어울리고 관계를 맺는 방법은 그 누구도 가르쳐줄 수가 없다. 물론 기본적인 태도나 예의 같은 것들은 미리 배울 수 있다 하더라도 사람 사이에서 생길 수 있는 상황의 가짓수란 셀 수 없이 많다. 그것을 모두 예측하여 준비하기는 어렵다. 매번 새로워서 직접 부딪혀 해결하고 깨닫는 수밖에는 없다. 또한 그러한 과정에서 생기는 여러 감정들도 본인이 감당해야 한다. 그래서 인간은 결국 혼자이고 외로울 수밖에 없나 보다.

기본적으로 나는 사람들과 함께 있는 것을 좋아한다. 사람을 좋아하는 엄마의 성격을 물려받았나 보다. 반면 아버지는 엄마와는 정반대이다. 낯선 사람과 같이 있는 것부터 상당히 어색해한다. 하지만 나는 처음 보는 사람과 얘기하고 친해지는 것을 두려워하지 않는다. 오히려 그것을 즐기는 쪽에 가깝다. 또 한번 인연을 맺으면 일부러 그러하지 않아도 대부분 관계가 길게 간다. 다른 뜻은 없다. 그냥 그게 좋다. 그래서 자주가 아니더라도 종종 사람들과 만나서 같이 있는 시간이 그저 즐겁다.

그런데 이런 나도 더 어렸을 때 인간관계가 마음처럼 안 되고 사람이 어렵게만 느껴지는 경우가 있었다.

중학교 3학년 때였다. 당시 한 반에 무려 쉰 명이 넘는 친구들이 함께 지냈다. 그러다보니 각자 좀 더 친하게 지내는 친구들이 생기기 마련이었다. 어린 시절 나는 아버지의 직장 문제로 전학을 자주 다녔는데 이때도 중학교 졸업을 한 해 남겨두고 다른 학교로 전학을 했다. 그때 같이 전학을 왔던 한 친구와 자연스럽게 친해졌다. 단짝 비슷하게 둘이 다니다가 이후 몇 명의 친구와 더 친해져 다 함께 뭉쳐 다녔다.

그런데 어느 날부터 나는 그 무리에서 좀 이상한 아이로 취급받기 시작했다. 그러면서 곧 그들에게 비난받고 외면당했다. 차라리 뭔가 싸웠다든지 일이 좀 있었으면 오히려 나았을 텐데, 나는 아직까지도 그렇게 된 정확한 이유를 모른다. 다만 나와 맨 처음 가까워진 그 친구가 다른 친구들에게 내 말투가 좀 이상하다고 얘기했다는 것만 알게 되었다. 그때 내 말투가 도대체 어땠길래 친구들이 그랬을까.

여하튼 나는 그때부터 중학교를 졸업할 때까지 그 친구들을 향해 벽을 치기 시작했다. 마음이 많이 상했었나 보다. 이후 그들이 나에게 다시 손을 내밀어도 이번에는 내 쪽에서 받지 않았다. 그렇게 혼자를 자처했다. 물론 그 친구들 외에 같은 반 다른 친구들과는 잘 지냈기 때문에 내가 그런 고집을 피웠는지도 모르겠다. '봐라. 나에 대한 너희들의 판단이 이상했던 거다. 다른 애들과는 잘 지내고 심지어 난 혼자서도 잘 지낸다.' 그런 것들을 행동으로 얘기하고 싶었던 것 같다. 그러는 사이 시간은 계속 흘러갔고 어느새 졸업할 때가 다가왔다. 그렇게 나는 그 친구들과 무엇도 명확히 해결하지 못한 채 어영부영 졸업을 하고 말았다. 그리고 고등학교에 진학했다.

다행히 고등학교는 또 다른 시작이었다. 다들 다른 학교에 다니다가 새 학교에 모인 것인지라 모두가 마찬가지 입장이었다. 그래서 나는 잠시 힘들었던 그때를 자연스럽게 흘려보낼 수 있었다. 물론 그 친구들 중 같은 학교로 온 친구들도 있었지만 딱히 문제가 되지 않았다. 심지어 그들 중 한 명은 이후 나에게 울면서 사과를 하기도 했는데 나는 왜 한참 뒤늦은 사과를 받는 건지도 알 수 없었다. 그냥 다 잊고 새로운 생활에 적응하는 데 집중했다.

고등학교 때에는 입시라는 큰 스트레스가 있었지만 그런 공통의 고통이 서로를 더욱 애틋하게 만들고 돈독하게 만들어주기도 했다. 어려울 때 의지했던 관계란 쉽게 잊을 수 없는 법이다. 그래서인지 그때의 친구들과 난 아직도 자주 보고 가깝게 지내고 있다. 하지만 모두 한껏 예민해졌던, 대학 진학이 바로 코앞으로 다가온 시기에 나는 또 하나의 기억에 남는 경험을 하게 되었다.

이번에는 같은 반 친구는 아니었고 옆 반 친구였다. 나와 친했던 같은 반 친구들과도 친한 아이였고 독서실에서 매일 보는 친구이기도 했다. 그런데 그 친구가 어느 날부터 나를 피하기 시작했다. 나와는 어떠한 이야기도 하려 하지 않았다. 갑작스러운 절교 선언이었다. 그 아이의 일방적인 반응에 나는 매우 답답했다. 결국 다른 친구들에게 건너 건너 상황에 대해 들어보니 내가 독서실 봉고차 안에서 그 아이에게 어떤 말실수를 했다는 것이었다. 수시 진학과 관련된 얘기라고 했는데 나는 그때 내가 무슨 말을 했는지 정확히 기억나지 않았다.

그래서 나는 그 아이에게 무조건 사과했다. 그럴 의도는 아니었다고, 하지만 나 때문에 속이 상했다면 미안하다고. 직접 얼굴을 보고 사과하기도 하고 쪽지를 써서 여러 차례 전달하기도 했다. 하지만 결국 졸업할 때까지 그 친구는 나를 다시는 받아주지 않았다. 나도 입시로 인해 점점 더 여유가 없어졌고 더 이상의 노력은 할 수 없었다.

물론 지금은 안다. 모든 사람이 다 내 마음 같을 수 없고 서로 맞지 않을 수 있음을. 그래서 끝까지 해결이 안 되고 결국에는 틀어지고 마는 인간관계도 있다는 것을. 하지만 그때는 지금보다도 훨씬 미숙했던 시절이었다. 또 그 시절에는 학교를 중심으로 한 교우관계가 생활의 전부였다. 그래서 그런 일들이 지금까지도 마음에 남을 정도로 나에게는 아픈 경험이었다.

이후 다시는 볼 수 없었던 그 친구들이 지금은 어떻게 지내고 있는지 문득 궁금해진다.

왜 안 되는 건데요?

나는 그동안 '말 잘 듣는 인간형'이었다. 물론 '네가? 아닌데?' 하는 사람들도 있겠지만 대체로 그랬다는 거다. 단언할 수 있는 건 확실히 체제 순응적이었다는 점이다. 그동안 조직이나 사회의 규범과 제도에서 벗어난 행동은 거의 하지 않았다.

예민한 청소년기 시절에도 난 크게 반항하지 않았다. 그저 몇 시부터 몇 시까지 정해진 대로 학교 다니고 학원 다니는 학생이었다. 옷도 교복 아니면 엄마가 사다주는 사복을 군소리 없이 입고 다녔다.

머리카락도 마찬가지였다. 당시에는 학교에 귀밑 몇

센티 하는 두발 길이와 관련된 제한이 있었다. 물론 파마나 염색, 탈색도 금지였다. 나는 두발 검사를 할 때 좀 이상한 본보기가 될 정도였다. "얘들아. 미지 머리 봐라. 저렇게 하고 다니라고." 선생님께서 그렇게 말하자 애들이 일제히 나를 바라보았다. 그 분위기와 시선들이 아직도 기억난다.

분명 일종의 칭찬을 받은 것인데 뭔가 자랑스럽다거나 뿌듯한 기분이 들지 않았다. 마치 앞잡이가 된 것 같고 한편으로는 나만 바보 같은 짓을 했구나 싶어 부끄러웠다. 사실 동네 미용실에서 머리를 자르고 나서 내 머리를 보고 나 스스로도 참 촌스럽다고 생각했던 터였다. 귀밑 길이에 딱 떨어지는 일자 단발머리였다. 물론 내 요구사항은 절대 아니었다.

그런데 이렇게 순종적이었던 나도 정말 이해가 되지 않는 학교 규정들이 있었다. 첫 번째는 이름표였다. 아이들이 교복에 이름표를 잘 안 달고 다니거나 달고 다녀도 가슴 쪽 주머니 안에 넣고 다니는 게 문제라는 거였다. 그래서 결국 학교에서는 학교 교표와 각자의 이름이 크게 박힌 천 이름표를 제작했다. 그걸 교복 상의 위에 박음질해서 붙이고 다니라고 했다. 그래서 한동안 학교 밖을 나와서 길을 걸어 다닐 때도 모르는 사람들에게까지 내 이름과 내가 다니는 학교 이름을 온통 내보이고 다녀야 했다. 등교할 때 옆 학교 남학생들이 장난삼아 내 이름을 큰 소리로 부를 때는 정말 어디에 숨고 싶을 정도로 너무너무 창피했다.

또 일명 '반바지 사건'이 있었다. 당시 우리 학교는 여름에 너무 더웠다. 각 반에 달린 선풍기들 가지고는 절대 해결이 될 수 없는 상태였다. 그런 교실에 앉아 있는 것만으로도 일종의 인내심 기르기, 극기 훈련이었다. 견디기 너무 힘들었던 아이들은 할 수 있는 갖은 방법들을 다 썼다. 격한 부채질은 기본이었고 물통에 물을 얼려와 볼에 대고 있거나 매점에서 얼린 음료를 사다 먹고 난리도 아니었다. 하지만 일단 차림새에서부터 기본적인 한계가 있었다. 당시에는 교복 치마 규정도 있었기 때문에 무릎 아래까지 오는 긴 치마를 입고 찜통 같은 교실에 앉아 있으니 온몸에 땀이 줄줄 흐를 수밖에는 없었다. 하반신을 천으로 감고 있는 셈이니 덥다고 뭘 해도 별 소용이 없는 게 당연했다.

그래서 결국 참고 참던 아이들은 어느 날부터 슬금슬금 허리가 고무줄로 된 면 반바지를 집에서 가져오기 시작했다. 등교할 때는 교복을 다 갖춰 입고 온 다음 교실에 들어서자마자 하의는 반바지로 갈아입었다.

그러자 곧 학교는 난리가 났다. 학교 안에서는 반드시 교복만 입고 있어야 한다는 것이었다. 그때부터는 숨바꼭질이었다. 아이들은 선생님들 몰래 반바지를 입고 선생님들은 그런 애들을 잡아내고를 반복했다. 긴 막대기를 가지고 다니면서 종아리를 때리는 선생님도 있었다. 다리에 흉이 지면 반바지를 입지 못하기 때문이었다.

다행히도 내가 성인이 된 이후 선생님이 되어 학교로 돌아갔을 때는 상황이 많이 달라져 있었다. 각 교실에는 비록 중앙 제어식이지만 에어컨이 설치되었고 여학생들에게는 교복 치마가 아닌 바지를 입을 수 있는 선택권이 생겼다. 두발은 어느 정도 자유화되었으며 하의가 반바지인 여름 체육복을 학교 내에서 더우면 언제든 교복 대신 입을 수도 있었다.

이 모든 변화는 그동안 "왜요?"라고 말했던 많은 용기 있는 학생들 덕분이었다고 생각한다. 하지만 나는 그때 그러지 못했다. 더 나아가 요새 학생들은 학교 밖에서 정치, 사회 문제에도 자신들의 목소리를 낸다. 그런 것들을 보면 참 부럽다. 나도 그때 이렇게 한번 말해보면 되었을 텐데, 그렇게 납득이 안 가는 규칙들을 아무 말 없이 꼬박꼬박 왜 열심히 다 지키고 있었는지 모르겠다.

"왜 그래야 하나요? 그러면 왜 안 되는 건데요?"

실수 좀 할 수 있지 뭐

누구든 '나 실수할 거야'라고 하는 사람은 없다. 실수란 어쩌다보니 그렇게 되어버린 것이다. 실수에는 의도가 있을 수 없다. 의도가 있었다면 그것은 계획이다. 그래서 실수를 저지르고 나서 그것이 생각했던 것보다 훨씬 더 좋지 않은 결과로 돌아오게 되면 당사자 입장에서는 억울할 수밖에 없다. 마음에 상처가 남기도 한다.

나도 실수에 예민한 편이다. 사실 이미 해버린 것, 빨리 잊는 방법밖에는 없는데 그게 잘 안 된다. 특히 그 실수가 타인에게 어떤 영향을 끼쳤다고 생각되는 경우 시간을 되돌리고 싶어지기도 한다. 내가 왜 그랬을까 심하게 자책

하기도 한다. 이건 배려심 때문이 아니라 내가 남에게 오해를 받거나 싫은 소리를 듣는 것이 너무 싫어서이다.

그래서 시간이 꽤 많이 흘렀는데도 아직까지 생각하면 씁쓸한, 스무 살이 되기 직전에 저지른 실수가 있다. 나는 대입 전형 중 수시모집 첫 세대였다. 당시 크게 수시, 특차, 정시 이렇게 세 번의 대입 기회가 있었는데 운이 좋게도 고등학교 졸업을 한 학기 남겨두고 수시로 어떤 대학에 합격했다. 그런데 사실 그 합격이라는 것이 조건부 합격이었다. 수능에서 받아야 하는 최저 등급이 있어서 결과가 그에 부합하지 못하면 최종적으로는 그 학교에 입학하지 못했다. 일단 주긴 하겠는데 나중에는 뺏을 수도 있다, 뭐 그런 상황이었다.

물론 그 최저 등급이라는 것이 그 학교에 무난하게 합격할 수 있는 등급보다는 낮았다. 평소 내 모의고사 성적 등을 본다면 아주 무리한 등급은 아니었다. 하지만 나는 수능 당일 첫 교시 언어 영역에서 시간 배분을 제대로 하지 못하는 실수를 저지르고 만다. 언어 영역은 나름대로 가장 자신 있는 과목이었다. 하지만 시간이 다 되었는데 아예 지문 하나를 통째로 읽지 못했다. 이후에는 어떻게 시험을 치렀는지 기억도 잘 나지 않는다.

그때 나는 그렇게 중대한 실수는 처음이었다. 내가 무슨 일을 저지른 것인지 감이 안 올 정도였다. 그 한 번의 시험을 위해 근 몇 년간을 지내왔다고 해도 과언이 아니었다. 그런데 하필이면 그때 그런 큰 실수를 했으니 난 앞으로 어떻게 되는 것인지 감도 오지 않았다.

일단 주변에 내가 그런 실수를 했노라고 바로 알렸다. 당장 도움이 필요했다. 혼자만 알고 있기에는 감당이 안 되었다. '괜찮다. 그럴 수 있다. 잘 해결될 거다.' 그런 말들이 필요했다. 하지만 그때 그 누구도 나에게 그런 말을 해주지 않았다.

일단 친구들은 졸업을 앞두고 각자 자신 앞에 놓인 진로에 대한 고민이 있었다. 또 망친 내 성적이 누군가에게는 부러운 것일 수도 있었다. 우리는 다 같이 같은 시험을 봤고 결과를 일렬로 세워 등수를 매기는 것이었으니까. 본의 아니게 모두 경쟁자였다. 그래서 서로 섣불리 무슨 말을 할 수 있는 상황이 아니었다. 그저 "어쩌니" 하면서 안타까워할 수밖에 없었다.

문제는 주변 어른들의 반응이었다. 나에 대한 기대가 아주 컸던 모양이었다. 그래서 실망도 컸나보았다. 당시 담임 선생님은 나에게 정확히 "그날 약이라도 먹었니?"라고 말했다. 그리고 부모님은 나에게 "너에게 배신을 당했다"라고 표현했다. 나는 그런 말들을 들으면서 내가 정말 큰 잘못을 한 것이구나 생각했다. 내 실수로 인해 다른 사람들이 힘들어졌구나 싶었다. 억울하면서도 죄책감이 느껴졌다.

그런데 이후 내 대입은 그것들이 무색하게도 생각보다 싱겁게, 일찍 끝나버렸다. 나는 딱히 가고 싶은 학교는 없었지만 국문과에는 꼭 가고 싶었다. 그래서 전공 빼놓고는 모든 것들을 어른들의 결정에 따랐다. 그러다 특차 전형에 지원한 학교에 바로 합격하게 되었다.

막상 우여곡절 끝에 입학하고 나니 들어간 학교가 마음에 들었다. 흥미 있던 분야를 공부할 수 있어 좋았고 만나게 된 친구들도 좋았다. 하지만 마음에 남아 있는 찜찜함, 그 죄책감은 쉽게 사라지지 않았다. 어쨌든 한 번은 해결해야 했다. 부모님도 여전히 아쉬움을 표현했다.

그래서 결국 나는 입학한 학교를 한 학기 다니다 휴학하고 수능을 다시 치렀다. 이번에는 별 실수는 없었지만 그해에는 또 수능이 매우 쉬웠다. 모두 하나같이 다 잘 본 탓에 성적도 그냥저냥 나왔다. 처음에 수시로 합격했던 그 학교에 지원해볼 만한 성적 정도는 나왔는데 그때는 또 학교를 옮기겠다는 의지가 크게 생기지 않았다. 나에게는 수능을 실수 없이 다시 치러보는 게 더 중요했나 보다. 큰 고민 없이 다시 휴학했던 학교로 돌아갔다. 그리고 이후 대학원까지 무려 7년 동안이나 모교를 열심히 그리고 즐겁게 다녔다.

이제는 시간이 한참 지나서 당시 내 주변 어른들에 대한 섭섭함은 거의 다 사라졌다. 다만 그때 '실수했지만 괜찮다'라는 말을 듣고 싶었던 그 절실함은 아직도 기억난다. 그때의 내가 안쓰럽다.

생각해보면 그 실수 전에도, 그 실수 이후에도 그런 얘기를 누가 나에게 해준 적이 거의 없었다. 만약 언제든 실수를 하고 나서 그래도 괜찮다는 사실을 알게 되었다면 이후 매번 그렇게 나 자신을 괴롭히지는 않았을 텐데 말이다.

그래서 이제 누군가 이 말을 해주는 것을 기대하고 기다리기보다는 내가 직접 해보려고 한다. 나 자신에게뿐만 아니라 당신에게도 이 말을 해주고 싶다.

"실수 좀 할 수 있지 뭐."

내 것, 돌려주세요

물론 각자 다른 상황들이 있겠지만 많은 경우 한 아이가 자라면서 가족 못지않게 자주 보게 되는 어른이 바로 선생님일 것이다. 가족과도 좋은 기억이 있고 나쁜 기억이 있듯 선생님과도 모든 경우에 좋은 기억만 있기는 힘들다. 물론 그 반대의 경우도 마찬가지다. 나도 선생님이라고 불리며 고등학교에서 몇 년간 근무했을 때를 떠올려보면 아이들로 인해 상처받은 적도 있었다. 하지만 어쨌든 아이보다는 어른이 더 성숙하게 행동해야 하는 것이 맞으니까, 그때 나는 최대한 서로 상처를 덜 주고받을 수 있는 방향에 대해서 고민했다. 그것은 참 어려운 일이었다. 내가 의도하지 않았던 상황들도 자주 생겼고 어떤 상황에서는 분명 교사로서 미숙했던 대처도 있었다. 그런 갈등 상황 속에서 의도하지 않았지만 내가 상처를 줬던 아이들이 있다면 지금도 미안하다.

그런데 최대한 '그럴 수도 있다'라는 방향으로 생각해보아도 좀 이해가 가지 않는 선생님의 행동이 있었다. 무조건 믿고 따라야 하는 대상이 그런 모습을 보여주면 경험이 적은 아이들 입장에서는 상처가 큰 법이다.

초등학교 6학년 때였다. 당시 담임선생님은 종종 수업 중에 나와 친구들에게 컵라면과 달걀을 사 오라고 심부름을 시켰다. 그때는 선생님이 나한테 뭐라도 시켜주면 내가 뭔가 특별한 아이가 된 느낌이었다. 그래서 친구들과 신나게 나가서 사 오고는 했는데 이후 내가 한참 더 자라고 나서야 그것이 무엇이었는지 알게 되었다. 나는 수업 중에 선생님의 해장용 라면을 심부름했던 것이다. 어른이 되어서야 그것을 깨달았을 때 느낀 그 깊은 배신감이란.

그래도 어쨌든 그건 어린 내가 당시에는 알 길이 없었으니 그나마 다행이었다 하더라도, 이후 '몽블랑 볼펜 사건'이라고 칭하게 된 일은 좀 너무했다. 당시 아버지가 그 비싼 볼펜을 왜 내게 주었는지는 잘 기억이 안 나지만, 여하튼 나는 벽돌색에 가까운 빨간빛 몽블랑 볼펜을 가지고 있었다. 또 그 나이 때에는 자기 물건에 학년, 반, 이름을 스티커에 적어서 꼭 붙여놓고는 하니까 물론 그 볼펜에도 당연히 그렇게 해두었다.

그러던 어느 날 담임선생님께서 나에게 갑자기 볼펜을 빌려달라고 했다. 나는 아무 생각 없이 필통에서 그 몽블랑 볼펜을 꺼내 선생님에게 주었다. 선생님은 그것을 받아서 어딘가에 뭘 적더니 볼펜을 자세히 살펴보았다. 그러더니 거기에 붙어 있던 이름 스티커를 손톱으로 긁어 떼어버렸다. 그리고 그것을 자신의 셔츠 앞주머니에 넣어버렸다.

나는 매우 당황했다. 분명 내 볼펜이고 선생님이 빌려달라고 해서 빌려준 건데 왜 저러는 건지 이상했다. 하지만 차마 이유를 물을 수 없었다. 나는 어린아이였고 그래서 어른인 선생님에게 뭘 묻기가 그렇게 어려웠다. 이후 선생님이 내 앞에서 뻔뻔하게도 계속 그 볼펜을 써도 나는 내 것이니 이제 돌려달라고 말하지 못했다. 그것을 볼 때마다 매번 한쪽 마음이 뜨끔뜨끔했다.

그 선생님은 도대체 왜 그랬을까? 정말 그 볼펜이 탐이 나서 그랬을까? 나는 지금도 그렇게는 믿고 싶지 않다. 다만 나는 그때 상대가 나보다 나이가 많거나 경험이 많은 사람이라는 이유로, 또 나보다 위치가 높은 사람이라는 이유로 무엇을 해도 복종하고 빼앗겨도 가만있어야 하는 그런 경험을 처음 한 것 같아서, 그게 참 안타깝다.

그런데 요새 아이들은 그때의 나와는 다르다. 똑똑하고 야무져서 학교생활에서든 어디서든 불합리하다는 생각이 들면 자신의 의견을 세련되게 말할 줄 안다. 마냥 참지만은 않는 것이다. 어떤 사람들은 그런 아이들에 대해서 좀 되바라진 것 같다고 하기도 하지만 난 그런 아이들이 대견하고 부럽다. 지금의 아이들이 아마도 나와 같은 일을 겪었다면 당당하게 이렇게 말할 것이다. 이게 당연한 사실이니까.

"그거 제 볼펜인데요."

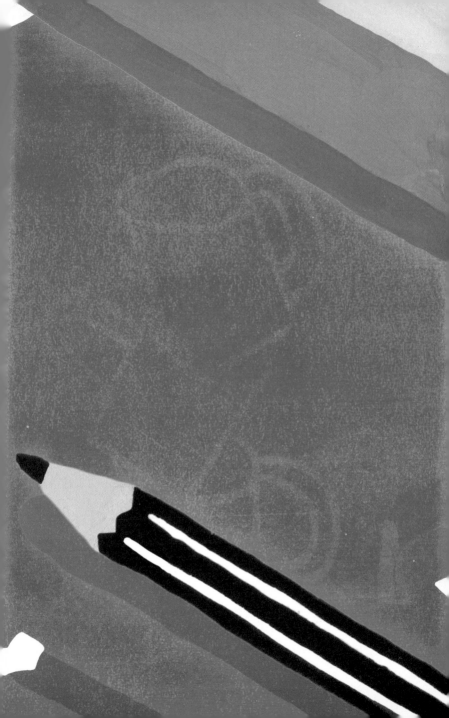

왜 그렇게 말해요?

고등학생일 때의 나는 오히려 지금보다도 더 정치와 사회에 관심이 많았다. 한참 전이니 지금처럼 인터넷 포털 뉴스가 아닌 종이 신문을 매일매일 무척 꼼꼼하게 봤다. 딱히 그러라고 누가 시킨 것은 아니었고 당시 나에게 좋은 영향을 준 몇몇 어른들 덕분이었다. 아이는 보이는 대로 따라 하기 마련이니까. 그러고 보니 정말 좋은 시절이었다. 대입 때문에 공부에 치이기는 했어도 열정적으로 주변에 관심을 둘 수 있었으니 말이다.

고등학교를 졸업하고 성인이 되자 나에게도 투표권이 생겼고 그렇게 16대 대선을 맞이했다. 처음 내 손으로 대통령을 뽑는 기회가 생겼다. 옛날이나 지금이나 호기심이 많은 나는 그때 투표하러 가는 것에 그치지 않았다. 학교에서 사전에 공고한 대선 출구 조사 아르바이트에 지원한 것이다. 꽤 고액이었던 급여도 매력적이었지만 그 과정 자체가 궁금했다.

지원자들은 두 차례 정도 모여 사전 교육을 받았다. 그날 우리가 무슨 일을 하게 되는지, 주의할 점은 무엇인지 등에 대한 이야기를 들었다. 우리는 투표 시작 시간 전부터 투표장 앞에서 대기하다가 투표를 마치고 나오는 분들에게 또 한 번의 투표를 권하면 되었다. 준비된 종이와 볼펜을 드리고 즉석에서 어떤 후보에게 투표했는지 표기하게 한 후, 종이 상자를 들고 있다가 내용이 안 보이게 직접 접어서 넣어주기를 부탁하면 된다고 했다. 그리고 조사에 응해준 분에게는 소정의 기념품을 전달하는 것이었다. 물론 조사를 거절하는 분께는 강요하지 않는 것도 중요한 유의사항이었다.

드디어 대선 날 새벽, 우리는 미리 약속된 곳으로 모여서 준비되어 있던 버스에 올라탔다. 그리고 각각 정해진

담당 투표장에 배치되어 투표가 끝나는 시간까지 계속 그 앞을 지켰다. 거의 하루 종일이니 꽤 긴 시간이었는데 나는 그 시간이 전혀 지루하지 않았다. 사람들 모습을 구경하느라 바빴다. 아주 이른 시간부터 자신의 권리를 행사하기 위해 부지런히 오던 분들의 모습이 아직도 기억난다. 또 출구 조사에 응하는 중에 서로 누구를 찍었는지 안 보여주려고 티격태격하던 부부나 너 그 사람 찍었냐고 서로 놀라워하던 모자 등 함께 투표하러 온 가족들의 모습이 재미있었다. 그들을 보면서 아주 가까운 사람들끼리도 정치적인 생각이 다를 수 있구나 처음으로 깨달았다. 누구든 각자의 의견을 가지는 것은 그렇게 아주 자연스러운 일이었다.

그날 결국 한 대통령이 선출되었다. 그분은 이전에는 전혀 생각하지 못했던 유형의 대통령이었다. 그리고 이후 여러 일들이 일어났다. 또 동시에 내 인생에도 여러 일들이 일어나기 시작했다. 사는 게 너무 바빠졌는데 이상하게도 그 사는 게 내 마음대로 되지 않았다. 뭔가 계속 꼬이기만 하는 느낌이었다. 원하는 것은 대부분 이루어지지 않았다. 그러다보니 점점 주변에 대해 관심을 두기가 힘들어졌다. 나 살기도 바빴다. 전처럼 정치와 사회에 관심을 갖지 않았다. 그러다 어느새 18대 대통령 선거를 맞이하게 되었다.

당시 나는 오래 매달렸던 교사 임용 고시를 결국 포기하기로 결정했다. 끝이 안 보였기 때문이었다. 여러모로 참 절망적이었던 시절이었다. 내가 뭘 해야 하는지, 또 뭘 하고 싶은지 도대체 알 수가 없었다. 그런데 그런 나에게 또 다른 절망을 가져다주었던 것이 바로 당시 대선 TV 토론이었다. 당선이 유력하다던 어떤 후보는 그 토론 과정에서 내가 보았던 정치인 중 가장 최악의 소양을 보여주었다. 저렇게 자기 생각을 정리하지도, 표현하지도 못하는 사람이 심지어 우리나라를 이끌겠다며 대통령 후보로 나올 수 있구나 싶었다. 역시 무슨 일이든 무슨 복을 타고나야 하는 건가, 운이 좋아야 하나 싶었다.

하지만 적어도 이제 저 사람은 이렇게 밑천이 다 드러났으니 대통령이 되기는 글렀다 생각했다. 그래야 당연했다. 하지만 결과는 예상과는 반대였다. 아주 근소한 차이였지만 결국 그 사람이 대통령이 되었다. 그런데 그 사람이 대통령이 될 수 있었던 이유 중 좀 이상한 얘기가 있었다. TV 토론 중에 그 사람보다 한참 어린 상대 후보 하나가 너무 따박따박 그 후보를 몰아붙인 것이 어르신들의 화를 돋우었다고 했다.

나는 설마 했다. 그런데 그것을 선거 이튿날 아침 바로 실감할 수 있었다. 지하철을 탔는데 어쩌다 내가 앉은 쪽에는 모두 젊은 사람들이, 마주 보이는 반대쪽에는 모두 어르신들이 앉게 되었다. 분위기가 아주 묘했다. 그 누구도 입을 떼지 않아 정적이 흘렀다. 그런데 그 정적을 깨고 갑자기 맞은편의 한 할아버지가 큰 소리로 떠들기 시작했다.

"봤지? 젊은 애가 아주 버릇이 없더라고. 그렇게 몰아붙이면 안 되는 거지. 거봐. 결국에는 이렇게 됐잖아."

그러고도 한참을 뭐라고 이야기했는데 나는 더 이상 그 말을 듣기가 힘들었다. 각자의 입장과 생각이 다른 것은 충분히 이해할 수 있었다. 하지만 왜 우리가 본인보다 젊다는 이유로 저렇게 화를 내는지 알 수가 없었다. 귀가 아프고 머리도 아팠다.

그런데 그날 이후 나는 이와 유사한 일들을 자주 겪었다. 시간이 흐르면서 당선된 대통령이 예상보다도 훨씬 형편없는 사람이라는 것이 드러났는데 그러면 그럴수록 대중교통만 타면 자신들의 생각을 큰 소리로 얘기하는 어르신들을 더 자주 만나게 되었다. 뭐가 못마땅해도 한참 못마땅한 모양이었다.

심지어 어느 날은 카페에 혼자 앉아 있는데 바로 옆자리 맞은편에 앉아 있던 어떤 할아버지가 갑자기 내 눈을 쳐다보며, 요새 젊은 사람들이 먹고살기 힘들어서 이러나 본데 이러면 안 된다고, 이렇게 공산주의 국가가 돼서는 안 된다고 크게 소리쳤다. 나는 너무 당황스럽고 화가 났지만 결국 아무 대꾸도 하지 못하고 짐을 챙겨 조용히 밖으로 나왔다.

우리는 현재 모두 같은 시대를 살고 있지만 사실 각자 보내온 시대는 분명 다르다. 그래서 각자의 경험도 다르고, 그러니 생각과 의견은 제각각일 수 있다. 그렇게 계속되는 세상의 변화와 그로 인한 각자의 입장 차이를 받아들이고 인정해야 본인들도 더 편할 텐데, 왜 어떤 어른들은 그것을 잘못이라고만 말하는 것인지 모르겠다. 혹시 젊은 사람들이 자신과 같은 생각을 해야만 자신들의 인생이 의미 있다고 생각하는 것일까? 나도 지금보다 더 나이가 들면 혹시 그들처럼 생각하게 될까? 나와 다른 젊은이들을 보면 화가 날까? 그렇게 될까봐 두려워진다.

어쨌든 앞날은 모르니 내가 어떻게 될지는 그때 가봐야 아는 것이고, 지금 당장은 이것이 가장 후회가 된다. 나에게 소리쳤던 그 어른들에게 바로 이렇게 말했어야 했다. 나보다 나이든 사람이라는 이유로 끝까지 예의를 차린 것이 과연 옳았나 싶다.

"왜 그런 얘기를 저한테 하세요?"

짜증내지 마세요

짜증이라는 감정에 대해 처음 깊게 생각해본 계기는 학원 강사를 할 때 어떤 학부모 상담을 하면서였다. 일단 그 학부모는 사전에 전혀 약속을 하지 않은 상태에서 찾아왔다. 누가 봐도 아주 화려한 모피코트를 입은 채였다. 첫인상부터 여러모로 강렬했다. 사실 내가 그때 강의가 있었다면 상담이 불가능했을 텐데 하필 비어 있는 시간이었다.

좀 갑작스럽기는 했지만 나는 그 학부모와 마주 앉아 평소에 내가 그 학생을 가르치면서 느꼈던 점들을 자세히 말했다. 하지만 어째 그분은 내 이야기를 잘 듣는 것 같지 않았다. 왜냐하면 그분은 내 이야기의 맥락과는 전혀 상관없이 계속해서 아이의 부정적인 면들만을 나열했기 때문이다. 나는 잠자코 있었지만 사실 공감하기는 힘들었다. 내가 생각하기에 그 학생은 그런 아이가 아니었다. 그래서 내가 별 호응을 하지 않자 그 학부모는 갑자기 나에게 이렇게 소리쳤다.

"걔는 그런 아이가 아니라니까요! 선생님이 우리 애를 잘 모르시네. 내가 얼마나 스트레스를 받는지 알아요?"

그 얘기를 듣는 순간 나는 누군가에게 갑자기 뺨을 한 대 확 맞은 느낌이었다. 뭔가 얼얼했다. 하지만 곧바로 정신이 들자 이게 아닌데 싶으면서 기분이 매우 나빴다. 이분이 나에게 이렇게 짜증을 낼 이유가 전혀 없는 상황이었다. 본인이 그렇게 자신의 아이를 잘 안다면 왜 갑자기 약속도 없이 찾아와서는 나에게 이것저것 묻는 것인지 황당했다.

이후 그 학부모는 그 첫 짜증을 시작으로 아이와는 상관없는 자신의 삶에 대한 온갖 신세 한탄을 늘어놓기 시작했다. 물론 사이사이 나의 추임새가 부족하다 싶으면 다시 버럭 성을 냈다. 그렇게 한 삼십 분 정도 지났을까, 그 모습을 한쪽에서 쭉 지켜보던 원장님이 우리 곁으로 다가왔다. 그리고 선생님 수업 들어가실 시간이 되었다며 나를 그 상황에서 구출했다. 원장님이 나중에 얘기하기를 저분이 원래 저렇게 학원에 갑자기 찾아와서 온갖 짜증을 다 내고 간다고 했다.

물론 그전에 이와 유사한 상황이 없었던 것은 아니다. 특히 가족들 사이에서 비슷한 경험을 한 적이 있었다. 나는 그냥 얘기하는 것이었는데 엄마가 너 왜 징징거리냐며 버럭 소리쳐서 눈물이 찔끔 날 정도로 억울했다. 그때가 여섯 살쯤이었다. 또 반대로 한창 예민하던 고등학생 때 내가 엄마에게 별일도 아닌 것에 짜증냈던 기억도 있다.

그런데 그렇게 전혀 모르던 사람에게 받았던, 꽤 규모 있는 짜증은 그때가 처음이었다. 그래서인지 더욱 억울했다. 왜 나한테 짜증이냐고 이유도 따져 묻지 못했으니 말이다.

짜증이 일반적인 화와 다른 지점이 바로 이것인 것 같다. 받은 상대가 아주 억울해지고 황당해질 때가 바로 짜증인 것이다. 뭔가 그럴 수밖에 없는 상황 속에서 진지하게 내는 화와는 분명 달랐다. 그것은 순간적으로 일어나서 자신만이 아는 감정을 본인이 어쩌지 못한 것이다. 갑자기 그것을 남에게 거칠게 드러내고서 이제 어떻게 해 달라고 떠미는 것이다. 비겁하다고 할 수 있다.

이후 나는 일상 속에서도 종종 타인에게 이런 짜증을 받는 경우가 있다는 것을 알게 되었다. 지하철에서 내리는데 억지로 먼저 타는 사람이 내가 자기의 앞길을 막는다고 온갖 인상을 다 쓰는 경우라든지, 나는 분명 줄을 잘 서 있었는데 뭐가 그리 불만인지 내 뒤통수에다 대고 온갖 소리들을 해대는 뒷사람이라든지, 사소한 상황들에서 말이다. 하지만 그런 사소한 짜증들이 그날 하루 동안의 기분을 망쳐버리기도 한다.

그러니 이제는 바로바로 이렇게 말하리라 다짐한다. 물론 난 순발력이 상당히 부족하여 입도 못 떼고 상황이 다 지나가버리는 경우가 태반이겠지만 말이다.

"왜 나한테 짜증내요?"

그냥 여기서 내릴게요

전혀 모르는 사람이랑 갑자기 좁은 공간에 단둘이 함께 있게 된다는 것, 나 같은 경우에는 많이 불편한 일이다. 그런데 택시가 딱 그렇지 않은가. 더구나 그 시간이 깜깜한 한밤중이라면 훨씬 더 답답할 것이다. 밖도 잘 안 보이고. 그러다보니 지금도 혼자 가야 하는 경우에는 되도록 버스나 지하철이 끊기기 전에 집에 가려고 노력한다. 차라리 많은 사람들 사이에 끼여서 가는 편이 몸은 더 불편할지언정 마음은 훨씬 편하다.

하지만 어쩔 수 없이 꼭 택시를 타야만 하는 경우가 있다. 그런 경우 택시 안에서 기사 분과 좀 어색한 시간을 보내고 내리면 아주 양호한 편이다. 그보다 많이 이상한 경우들도 종종 생긴다. 원래 세상에는 다양한 사람들이 있으니 다양한 기사 분들이 있는 것도 당연하겠지만, 그래서 불편해지다 못해 불쾌해지는 상황이 벌어져도 택시 안에서는 쉽게 대처하기가 힘들다. 어쨌든 차 안에서는 운전대를 잡고 있는 사람이 훨씬 우위이니까. 그 사람이 운전하는 대로 차가 굴러가는 것이니 상황이 불편해도 얻어타는 입장에서는 쉽게 그 사람에게 뭐라고 할 수가 없다. 물론 탄 사람은 내릴 때 그에 대한 돈을 지불하지만 그건 나중 일이고 어쨌든 목적지에 도착하기 전까지는 운전하지 않는 사람이 약자다.

나뿐만 아니라 주변 사람들과 이야기를 하다 보면 택시를 타서 불쾌했거나 더 나아가 무서웠던 경험들이 꼭 있다. 물론 참 괜찮았던 경우도 있겠지만 원래 인간은 나빴던 기억을 더 곱씹게 되는 법이니까.

내가 들었던 최악의 경우는 좀 젊은 택시 기사 분이 이야기한 목적지가 아닌 남산 어디로 자기를 데리고 가더니 데이트나 한번 하자고 했다는 상황이다. 뭐, 어떤 이성에게 반하게 되는 때는 언제 찾아올지 모르는 것이니까 순간 그런 마음이 들 수 있었다고 치자. 하지만 차를 탄 이의 의사와는 상관없이 아무 데나 데리고 가버리는 것은 납치가 아닌가.

나의 경우에는 좀 애매했던 상황이다. 나이가 있어 보이는 기사 분이었는데 나에게 자기가 이 일을 하지 않았다면 이런 미인을 또 언제 차에 태워보겠냐는 말을, 내가 내리는 그 순간까지 계속했다. 미인이라는 단어는 물론 대부분의 경우 듣고 좋아야 하는 것이나 나는 그 시간 동안 전혀 좋지 않았다. 점점 더 마음이 불편해졌다. 심지어 내가 왜 이런 말을 계속 듣고 있어야 하는 것인지 슬슬 화가 났다. 하지만 그 기사 분께 그만하라는 말을 하지는 못했다. 사실 나에게 나쁜 이야기를 하는 것이라고 하기에도 좀 애매하고, 내가 그만하라고 했다가 기사 분이 화라도 나서 다른 곳으로 차를 몰고 가버리면 어쩌나 무서웠다. 그래서 나는 계속 아주 어색한 미소만 지으며 가만히 앉아 있었다.

이 외에 뭐 아주 흔한 경우로, 기사 분이 갑자기 원치 않는 정치 이야기를 하면서 과도하게 자신의 의견을 주장하며 동조받기를 원하는 것이 있다. 정치 이야기는 원래 가까운 사람들끼리도 깊게 하면 싸움 나기 십상인데, 심지어 처음 만난 사람이 나와 전혀 다른 의견을 계속 이야기하며 거기에 동의하기를 강요하고 있으면 고문이 따로 없겠다.

또, 폭력적이라고 말할 수 있을 정도로 운전을 거칠게 하거나, 뭐가 그렇게 마음에 안 드는지 운전하는 내내 어마어마한 욕을 하는 분들이 있다. 곧 사고라도 낼 것 마냥 차를 무섭게 모는 것도 탄 사람 입장에서는 엄청난 공포감을 느낄 일이지만 말에 민감한 나 같은 경우에는 계속 험한 욕설을 듣고 있는 것도 아주 괴로웠다. 나한테 욕하는 것처럼 느껴졌다.

그런데 요새 단순히 내가 운이 좋았던 것인지 아니면 전보다 상황이 좀 나아진 것인지 택시를 타도 이런 험한 경우들을 덜 겪는다. 그러다보니 왜 이전에는 그런 불편한 상태를 기사 분께 바로바로 전달하지 못했을까 후회가 된다. 택시가 이렇게 편할 수 있었는데 왜 그동안 버스나 지하철보다 돈을 더 주고서도 그런 불편함을 감수했나 싶다. 차라리 상황이 너무 안 좋다 싶으면 이렇게 이야기를 하고 그 안에서 신속히 탈출하는 편이 훨씬 나았다.

"저 그냥 여기서 내릴게요."

보지 마세요!

내가 입을 옷을 스스로 사기 시작한 것은 대학에 들어가
면서부터이다. 물론 빠른 아이들은 중고등학교 때부터 자
기 취향의 옷을 사기도 했지만 나는 그럴 필요성을 느끼
지 못했다. 하루 중 대부분의 시간을 교복을 입으면 되었
다. 그 외의 옷을 입어야 하는 시간은 그리 길지 않았다.
또 여자 형제가 없어서 언니의 옷을 물려 입는다든지 다
른 형제와 옷을 공유할 수 있는 상황도 아니었다. 그래서
교복 외에는 엄마가 사다 주는 옷이 전부였다. 나는 그 옷
들을 군소리 없이 다 입었다. 이런 나에 대해 엄마 본인조
차 좀 의아해했다.

"다른 집 딸들은 엄마가 뭐 사다 주면 그렇게 마음에 안 들어 한다던데, 너는 왜 그러냐? 혹시 다음에 또 안 사 다줄까 봐 그러냐?"

사실 난 정말 별생각이 없었다. 그냥 옷이 생겼고 집에 있으니 입고 다닐 뿐이었다. 그리고 내 생각에는 입었을 때 보기에도 나쁘지 않았다. 그렇게 무엇이든 거부하지 않으니 엄마는 내가 성인이 된 이후에도 나에게 종종 옷, 신발, 가방 등을 사다 줬다. 그때도 그것들 역시 별생각 없이 잘 입고 신고 들고 다녔다.

그 시절 나에게 옷차림이라는 것은 아주 예민하게 신경 쓰이는 부분은 아니었나 보다. 물론 이제는 나도 취향이라는 것이 생겨 뭐가 더 예뻐 보이고 덜 예뻐 보이고 하는 것은 있다. 또 옷을 스스로 사보고 입어보고 하는 경험들도 쌓이다보니 나에게 어떤 스타일이 더 어울리는지 어렴풋이 알게 되었다.

그래도 여전히 나는 옷을 사는 시간이 그리 길지 않다. 살 기회가 생겼을 때 눈앞에 있는 것들 중 내가 생각하기에 내 스타일이다 싶으면 그냥 산다. 그리고 이후에도 큰 불만 없이 입고 다닌다. 물론 어떤 이가 보기에는 그 옷이 좀 촌스럽거나 이상해 보일 수도 있지만 그런 건 별 상관이 없다. 나는 남을 위해서 옷을 입는 것이 아니다. 전적으로 나를 위해서 입는 것이다.

그런데 이런 옷 혹은 차림새에 대한, 나는 전혀 이해할 수 없는 이야기를 들은 적이 있다. 몇 년 전 지인이 다니는 모 회사에서 여자 직원은 성희롱을 유발하는 옷은 아예 입지 말라고 사내에 공고를 내렸다는 것이다. 이야기를 듣고 우선 '여자 직원'이라는 말이 걸렸다. 남자가 아닌 여자 직원의 옷은 타인이 간섭해도 된다는 것인가. 그리고 역으로 생각해보면 그럼 남자 직원은 여자 직원의 옷차림에 따라서 성희롱을 할 수도 안 할 수도 있다는 것인가.

또 도대체 어떤 차림새가 성희롱을 유발하는 것인가. 심지어 그 회사 인사팀에서는 한 여직원에게 '지금 스타킹 안 신었죠? 신으세요'라는 메시지를 보내기도 했다고 한다. 그럼 스타킹을 신지 않으면 성희롱이 유발되고 스타킹을 신으면 아니라는 것인가? 도대체 그런 기준은 누가 만든 것일까.

그리고 성희롱을 유발한다는 말 자체도 이상하다. 마치 의도를 가지고 성희롱을 하게끔 한다는 것처럼. 어떤 사람이 상대가 자기를 성희롱하게 만들려고 할까. 그것도 애써서 차려입는 수고를 해가면서 말이다. 성희롱이란 하는 사람에게 문제가 있는 것이다.

　　물론 어떤 상황에 맞는 혹은 어울리는 차림새란 있을 수 있다. 하지만 그것을 지키는 선에서 자신이 입는 옷 등등의 것들은 자신이 선택할 권리가 있는 것이다. 거기에다 특히 아직도 남자보다는 여자의 옷차림에 대해서만 지적하는 경우가 많다는 것은 매우 불쾌한 일이다.

　　나도 나의 차림새에 대해서 지적을 받은 경우가 있다. 어떤 학교에서 교사로 근무할 때 겪은 일인데 출근한 지 며칠 되지 않아서였다. 그때 우리 부서의 부장님이 나를 조용히 부르더니 말했다. 교감 선생님이 맨발을 드러내는 것을 좋아하지 않으니 실내로 들어올 때는 반드시 살색 덧신을 신고 들어오라고 했다. 그리고 본인도 뭔가 미안했는지 아니면 지금 당장 신으라는 의미였는지 그러면서 자신이 가지고 있던 새 덧신을 나에게 주었다.

부장님이나 교감 선생님이나 두 분 다 여자였으니 아마 모르진 않았을 것이다. 여름에 여자들이 샌들을 신을 때 거의 맨발로 신는다는 것을. 그 상태에서 실내로 들어오면 자연스럽게 맨발로 실내용 슬리퍼를 신게 된다. 결국 밖에서는 내 맨발을 마음껏 드러내도 되지만 안에서는 그러면 안 된다는 것이다.

나는 그때 적지 않게 놀랐다. 일단 성인이 되어서 누군가에게 차림새에 대한 지적을 받는 것은 처음이었다. 사실 중고등학교 때에도 겪어보지 못했던 일이었다. 나는 규칙을 아주 잘 지키는 아이였으니까.

그리고 사실 그것보다 누가 내 발을 자세히 쳐다볼 수 있다는 사실이 더 충격적이었다. 다리와 발은 신체 가장 아래에 있으니 한눈에 들어오는 것도 아니고 분명 자세히 보려면 의도를 가져야 한다. 그래서 나도 평소에 모르는 사람의 발을 보게 되는 경우는 거의 없다. 그런데 단 며칠 사이 어떤 사람이 나의 발을 그렇게 열심히 보고 있었다니 충격적이었다. 이후 나는 매일 출근하면서 덧신을 따로 챙겨야 했고 그것을 매번 신었다 벗었다 하는 수고를 감내해야 했다.

물론 어쩌다보니 다른 사람의 어딘가를 우연히 보게 될 수는 있다. 특히 어떤 상황에서 누가 봐도 좀 튀는 모양새라면 눈에 더 들어올 것이다. 하지만 이후에는 보게 된 사람이 더 보지 않으면 그만이다. 내가 보기에 이상하거나 혹은 불쾌하다면 그만 보면 되는 것이다. 이후 계속해서 쳐다보거나, 심지어 뭔가를 지적하고 싶어지기까지 하는 것은 분명 보는 사람의 입장이다. 또 그 대상이 된 상대가 그런 시선을 느끼고 불쾌해하기라도 한다면 그것은 큰 실례인 것이다.

앞으로 다시 또 나의 차림새에 대해서 지적하는 사람을 만나게 된다면 이제 이렇게 얘기해줄 것이다.

"왜요? 그러면 보지 마세요."

내가 미안해할 필요 없잖아

그래도 지금은 어느 정도 내공이 좀 쌓여서 그나마 나은
데 원래 내가 제일 못했던 것 중 하나가 바로 거절이다. 심
지어 그것이 나에게 무리가 되거나 손해가 될 것이 뻔해
도 상대가 뭔가를 부탁해오면 웬만하면 들어줬다. 원래
마음이 약한 편이기도 하고 기본적으로 좋은 게 좋은 거
아닌가 하는 생각을 가지고 있었다.

　하지만 이러한 상황들이 여러 차례 반복되자 좋은
게 늘 좋은 것은 아니라는 사실을 깨닫게 되었다. 부탁을
했던 사람 입장에서야 편하게 받아주니 또 다시 나를 쉽
게 찾는 경우가 많아졌고 그러면서 나는 점점 더 부담을

느꼈다. 그러다 결국에는 그런 부탁을 하는 사람을 멀리하거나 심지어 그 사람의 연락을 피하게 되는 경우마저 생겼다. 분명 거절을 못해서 생긴 부작용이었다.

이건 아니다 싶었다. 처음부터 거절만 잘 했더라면 유지되었을 관계일 수 있는데, 사실 상대 입장에서는 한번 나의 의사를 물어본 것일 수 있는데, 나 혼자 너무 큰 부담을 느끼고 상황에서 도망친 것은 아닌가 의심이 되었다. 그래서 이후 조금씩 도저히 안 될 것 같은 일은 거절해보기 시작했다.

일단 상황이 닥치기 전에 여러 사례들을 미리 떠올려 보았다. 일종의 이미지 트레이닝이었다. 나에게 누가 부담스러운 액수의 돈을 빌려달라고 하면 어떻게 할까. 아니면 갑자기 필요 없는 보험 같은 것을 들어달라고 하면? 그렇게 친하지 않다고 생각하는 사람이 자신의 결혼식에 초대를 하면? 등등의 겪었던 혹은 아직 겪지 않은 상황들을 생각해보았다. 어떻게 서로 기분 상하지 않게 거절할 수 있을까.

나는 평소에도 상상 혹은 공상을 즐긴다. 그래서 이

렇게 한번 생각해보는 과정 자체는 괴롭지 않았다. 나름 재미까지 있었다. 하지만 문제는 실제로는 그것이 크게 도움이 되지 않았다는 것이다. 현실은 아주 많은 경우의 수로 이루어진 것 아니겠는가. 막상 실제 상황은 당연히 예상대로 흘러가지 않았다.

물론 전보다 나아진 점은 있었다. 어쨌든 내가 거절을 하긴 했다는 것이다. 하지만 꼭 그 과정에서 "진짜 미안해"라는 말을 여러 차례 반복하게 되었다. 그러다보니 결국 끝에 남는 것은 내가 너무 비굴했나 싶어 찝찝한 마음이었다. 마치 내가 해야 할 수 있는 일을 일부러 피한 것처럼 보일 것 같았다. 또 그러니 거절당한 사람도 언짢아지는 것 같았다. 내 말에 따르면 그 사람은 나에게 미안한 일을 당한 셈이니 말이다.

결국 이것도 아니구나 싶었다. 하지만 나는 거기서 포기하지 않았다. 세련된 거절을 하고 말리라 다짐했다. 물론 이후 또 여러 차례의 시행착오를 겪었다. 그러다가 드디어 내 나름대로 결론에 이르게 되었다.

부탁하는 것은 상대이니 그것을 들어주지 못한다고

해서 내가 미안해할 필요는 전혀 없었다. 물론 안타까워할 수는 있겠지만, 내가 무슨 잘못을 한 것은 아니니까. 또 상대도 마찬가지였다. 내가 무조건 들어줘야 한다고 생각했다면 그것은 애초부터 부탁이 아니었던 것이다. 강요 혹은 명령이었지.

그래서 나는 이제 더 아무렇지 않기로 했다. 이른바 쿨하다라고들 하는, 그러한 거절을 하기로 했다. 그래야 오히려 기분도 덜 상하고 서로 아무 일도 아닌 것이 될 것 같다. 다음 번 거절에서는 이전보다 더 쿨해지리라.

"그러니까 내가 미안해할 필요는 없지?"

나, 그리고 당신을 믿어요

내가 처음에 이 책을 쓰기 시작한 이유는 한 가지다. 잊지 않기 위해서. 아이를 먼저 보내고 나서 시간이 좀 지나자 주변 어른들은 이야기했다. 산 사람은 살아야 하니 빨리 잊으라고. 기억하고 그리워하고, 아파해봤자 다시 돌아올 수는 없으니까. 이성적으로만 생각하면 빨리 잊어야 하는 것이 맞았다. 하지만 나는 현재의 고통보다 내가 그날을 다 잊어버리게 되는 것이 더 두려웠다. 그렇게 되면 정말 아이와 영영 헤어지는 것이 아닌가 그런 생각이 들었다.

그래서 쓰기 시작한 것이었는데 계속 쓰다보니 어쩌면 내 글이 나와 비슷한 사람들에게 도움이 될 수도 있지 않을까 하는 생각이 들었다. 또 그렇게 생각하게 된 계기도 있었다. 아이를 보내고 나서 얼마 되지 않았을 때였다. 나는 정말 이 시간을 어떻게 보내야 할지 알 수가 없었다. 당장 너무 힘들어서 과연 이 상황이 극복되기는 하는 건지 궁금했다. 나와 비슷한 경험을 한 사람들은 결국 어떻게 되었는지 알고 싶었다. 그래서 인터넷 검색창에 이런 식으로 적어서 검색을 해보았다.

아이를 먼저 보냈을 때.

아이를 하늘나라로 보냈을 때.

아이가 죽었을 때.

하지만 아무리 검색해보아도 내가 원하는 그런 자세한 내용은 어디에도 쓰여 있지 않았다. 시간이 더 흐르고 나서 인터넷에서 '애도반응'이라는 개념도 발견하게 되고, 또 비슷한 경험이 적혀 있는 책들도 알게 되었지만 그것들이 나의 상황과 꼭 같지는 않았다. 당연한 것이었다.

그러고 나니 내가 용기를 좀 내서 내 이야기도 자세히 적어두면 나처럼 처음 겪는 일이라 어찌할 바를 모르겠는 사람들에게 조금이나마 도움이 되지 않을까 싶었다.

상황과 조건이 다양하면 다양할수록 참고할 수 있는 부분이 많아지는 것이니 내 이야기도 이미 있는 것들에 더해지면 좋지 않을까 싶었다. 그렇게 조금이나마 보탬이 되고 싶었다.

그런데 계속 글을 쓰다보니 깨달았다. 결국 그런 생각들도 너무나 거창하고 또 건방진 것이었다. 아직 내 삶도 완전히 추스르지 못하고 있는데 무슨 다른 이들에게 도움이 되겠다고 생각했는지 부끄럽다.

결국 이 글쓰기의 과정은 누구보다도 나를 위한 시간이었다. 특히 아끼던 존재를 순식간에 잃어버리고 나니 후회와 아쉬움이 가장 크게 남았다. 그래서 그러면 또 그동안은 후회되는 일이 없었는지, 아쉬운 건 없었는지 되돌아보게 되었다. 그리고 깨달았다. 삶의 순간순간 하지 못했던 말들이 너무나 많았다는 사실을 말이다.

그렇지만 아마 앞으로도 그럴 것이다. 나는 또 무엇인가를 다 말하지 못할 것이다. 인생에서 매번 닥치는 상황은 대부분 처음이니까. 하지만 그렇게 되더라도 이제는 그나마 후회와 아쉬움이 적으려면 어찌해야 할지 아주 조금 알 것 같다. 결국에는 누구보다도 내가 나에 대해 확신해야 한다. 내 생각과 내 선택을 누구보다도 내가 믿어줘야 한다. 그래야 주변에도 무엇이든 당당히 말할 수 있고, 혹시 결과가 좋지 않더라도 나 자신이 당당히 받아들일수 있을 것이다.

그래서 나는 현재 대부분의 결정들을 뒤로 미루고 지금 당장 내가 하고 싶은 것들이 무엇인지 생각해보고 있다. 또 그에 따라 움직이는 시간을 보내고 있다. 내 나름대로 나를 바라보는 연습을 하는 것이다. 사실 이 방법이 옳은 건지 그른 건지는 잘 모르겠다. 어떻게 보면 답은 이미 정해져 있는데, 그냥 원래대로 다들 사는 것처럼 살면 되는 것인데, 이런 식으로 계속 무엇인가를 미루는 것은 아닌지 의심이 된다. 현실에서 도망치고 있는 것은 아닌가 싶다.

하지만 확실한 것은 나는 예전보다 더 나를 믿고 있다는 것이다. 그래서 앞으로 그 누구보다도 나 자신이 후회 없는 선택을 하게 될 것이라 믿는다. 그리고 혹시 이 글을 읽고 있는 당신도 나와 비슷한 고민을 하고 있다면 결국에는 잘할 수 있을 것이다. 우리는 분명 그렇게 할 수 있다. 그런 희망을 담아 나는 이제 마지막으로 이런 말을 해보려고 한다.

"나는 나와 당신을 믿는다."

네 컵은 네가 씻어

2018년 12월 10일 1판 2쇄 펴냄

지은이 미지

펴낸이 김성규

책임편집 박다람쥐

디자인 진다솜

펴낸곳 걷는사람

주소 서울시 마포구 월드컵로 16길 51 서교자이빌 304호

전화 02 323 2602

팩스 02 323 2603

등록 2016년 11월 18일 제25100-2016-000083호

ISBN 979-11-89128-15-9 04800
ISBN 979-11-89128-13-5 (세트) 04800